茅盾研究
八十年書系

錢振綱・鍾桂松◎主編

萬樹玉◎著

13

茅盾年譜（下）

花木蘭文化出版社

國家圖書館出版品預行編目資料

茅盾年譜（下）／萬樹玉 著 — 初版 — 新北市：花木蘭文化
出版社，2014〔民 103〕
目 2+172 面；19×26 公分
（茅盾研究八十年書系；第 13 冊）
ISBN：978-986-322-703-8（精裝）
1. 沈德鴻　2. 年譜
820.908　　　　　　　　　　　　　　　　103010230

中國茅盾研究會《茅盾研究八十年書系》編委會

主　　編：錢振綱　鍾桂松

副主編：許建輝　王中忱　李　玲

特邀顧問：

邵伯周　孫中田　莊鍾慶　丁爾綱　萬樹玉　李　岫

王嘉良　李廣德　翟德耀　李庶長　高利克　唐金海

ISBN-978-986-322-703-8

9 789863 227038

茅盾研究八十年書系
第十三冊　　　　　　　　　　ISBN：978-986-322-703-8

茅盾年譜（下）

本書據浙江文藝出版社 1986 年 10 月版重印

作　　者　萬樹玉
主　　編　錢振綱　鍾桂松
總 編 輯　杜潔祥
副總編輯　楊嘉樂
編　　輯　許郁翎
出　　版　花木蘭文化出版社
社　　長　高小娟
聯絡地址　235 新北市中和區中安街七二號十三樓
　　　　　電話：02-2923-1455／傳眞：02-2923-1452
網　　址　http://www.huamulan.tw 信箱 hml810518@gmail.com
印　　刷　普羅文化出版廣告事業
初　　版　2014 年 7 月
定　　價　60 冊（精裝）新台幣 120,000 元　　　版權所有・請勿翻印

茅盾年譜（下）

萬樹玉　著

目次

上 冊

序言　荒煤

茅盾作品的現實意義（代序）　萬樹玉

書影

編寫說明 ··· 1

一、童年、學生時代
　（一八九六年七月～一九一六年七月）··············· 3

二、早期的文學、革命活動
　（一九一六年八月～一九二六年）······················ 17

三、大革命失敗前後
　（一九二七年～一九二九年）····························· 73

四、左聯時期
　（一九三〇年～一九三六年）····························· 91

下 冊

五、抗日烽火
　（一九三七年～一九四五年八月）···················· 141

六、解放戰爭
　（一九四五年九月～一九四九年九月）··············· 207

七、社會主義晨光
　（一九四九年十月～一九六五年）···················· 233

八、十年內亂
　（一九六六年～一九七六年九月）···················· 279

九、文藝新春
　（一九七六年十月～一九八一年）···················· 289

後　記 ··· 311

五、抗日烽火

（1937 年～1945 年 8 月）

一九三七年（丁丑）四十一歲

一月

評論《論初期白話詩》和《渴望早早排演》，分別刊於《文學》第八卷第
一號、上海《大公報‧文藝》第二七六期。前文指出，五四前後的初期白
話詩的特點是「力求解放而不作怪炫奇」，「最一貫而堅定的方向是寫實主
義」；「題材上是社會現象和人生問題的大量抒寫」。這篇文章對當時詩歌
創作中存在的一些脫離現實、過分追求形式美的傾向，是一個有力的批評。

評論《眞亞耳的兩個譯本──對於翻譯方法的研究》（收入《茅盾文藝雜論
集》時改爲《〈簡愛〉的兩本譯本──對於翻譯方法的研究》），刊於《譯文》
新二卷第五期。《日記及其他》，同刊於《中流》第一卷第九期、《月報》第
一卷第二期。

九日，作散文《鞭炮聲中》，後刊於《熱風》終刊號。

十日，作評論《「通俗化」及其他》，後刊於《語文》第一卷第二期。二十
日，作《敘事詩的前途》，刊於《文學》第八卷第二號。

二月

五日，作《「一個眞正的中國人」》，刊於「工作與學習叢刊」一：《二三事》。

評論《普式庚百年祭》和《關於「報告文學」》，分別刊於《世界知識》第

五卷第十號（一日）、《中流》第一卷第十一期。

前幾年，隨著形勢的發展和鬥爭的需要，文壇上出現了一種短小而迅速反映現實的新文體——「速寫」，這種文體得到魯迅、茅盾等的贊揚，林語堂等的攻擊；一九三六年在此基礎上，文壇上又出現了報告文學這樣的新文體。茅盾對這種新的戰鬥性文體又加以積極支持和鼓勵。他在文章中說：「每一時代產生了它的特性的文學。『報告』是我們這匆忙而多變化的時代所產生的特性的文學式樣」，「這是時代的要求」。

譯文《十二月黨的詩人》（蘇聯李倍竇夫‧波爾耶斯基），刊於《譯文》新第二卷第六期。

普及本《茅盾散文集》，由上海天馬書店出版。

三月

短論《精神的食糧》，刊於日本《改造》月刊第十九卷第三號和改造社印行的《大魯迅全集》廣告小冊子。當時日本改造社爲配合編輯出版《大魯迅全集》的宣傳，託編者之一的增田涉先生向中國有關的知名人士約稿，茅盾是《大魯迅全集》編輯顧問之一，此文即是應增田涉之約而作，由增田涉譯成日文。後作爲評價魯迅的重要佚文被譯成中文，發表於《人民日報》（一九八一年九月二十三日）。

評論《讀畫記》和《「奴隸總管」解》，分別刊於《中流》第一卷第十二期、「工作與學習叢刊」一：《二三事》。

二十日，作評論《〈春天〉》，刊於「工作與學習叢刊」二：《原野》，是對艾蕪的中篇小說《春天》的評論。作評論《〈煙苗季〉和〈在白森鎮〉》，後刊於「工作與學習叢刊」三：《收穫》，係對周文的長篇小說《煙苗季》和中篇小說《在白森鎮》的評介。

三十一日，作《讀報有感》，後同刊於《工作與學習叢刊‧收穫》和《月報》第一卷第六期。

《雜記一則》，刊於「工作與學習叢刊」一：《二三事》。

四月

散文《農村來的好音》，刊於《中流》第二卷第四期。

《〈玄武門之變〉序》，附於開明書店出版的宋雲彬的劇本《玄武門之變》。

翻譯《給羅斯福總統信》（美國斯比代克）以及「譯後記」，刊於《譯文》

新三卷第三期。

五月

中篇小說《多角關係》由上海文學出版社出版。

短篇小說集《煙雲集》由上海良友圖書公司出版，收入一九三五年至一九三七年創作的《煙雲》等七篇，並寫了「後記」。

選注《楚辭選讀》由商務印書館出版。

六月

三日，作雜論《「思想測驗」》和《知識饑荒》，收入「工作與學習叢刊」四：《黎明》（十日出版）。

雜論《變好和變壞》，刊於《好文章》第一卷第九號。

二十三日，作散文《荒與熟──一個商人的哲學》，後刊於《文叢》第一卷第五號。

作評論《〈子夜〉木刻敘說》，附於七月未名木刻社出版的《木刻之圖》。

譯文《菌生在廠房裡》（美國牟倫），刊於《譯文》新三卷第四期。

七月

評論《新文學前途有危機麼》、《文風與「生意眼」》、《〈窰場〉及其他》和《關於「差不多」》，同刊於《文學》第九卷第一號；《關於〈武則天〉》，刊於《中流》第二卷第九期。

《新文學前途有危機麼》是針對抗戰初期文壇上出現的一股潛流──對新文學前途表示各種「憂慮」──而作的，該文分析了各種不同的憂慮和「危機」論，對錯誤觀點進行了批評，鼓勵青年樹立信心，辨明方向；最後把矛頭指向國民黨反動統治：「如果我們必要找所謂危機，那倒是在別一方面：這就是文藝作品以及理論文字的發表的不自由！」

《關於「差不多」》是對炯之的《作家間需要一種新運動》一文的批判。

《〈窰場〉及其他》是對葛琴的中篇小說《窰場》以及短篇小說集《總退卻》的評論。

十四日，作評論《想到》，刊於《中華公論》創刊號。

八月

評論《劇運平議》，刊於《文學》第九卷第二號。《此亦「集體創作」》，刊於《救亡日報》第三號。

二十三日，作散文《炮火的洗禮》，刊於《救亡日報》第一號。作雜論《關於「投筆從軍」》，刊於《抗戰》三日刊第三號。

二十四日，《救亡日報》創辦，郭沫若任社長，茅盾、鄭振鐸、胡愈之等組成編委會。

二十五日，《文學》、《中流》、《文季》、《譯文》等四刊物合編的《吶喊》週刊在上海創刊，茅盾任主編。第三期起改爲《烽火》週刊。

二十六日，作雜論《對於時事播音的一點意見》，刊於《救亡日報》第五號。

雜論《小病》和《爆竹聲以後》，分別刊於《國民週刊》第十五期、《中流》第二卷第十期。《站上各自的崗位——〈吶喊〉創刊獻辭》和《寫於神聖的炮聲中》，同刊於《吶喊》創刊號。《「恐日病」一時不易斷根》，刊於《吶喊》第二期。

九月

六日，作散文《不是恐怖手段所能懾服的》，刊於《救亡日報》第十號。

評論《展開我們的文藝戰線》和《還是現實主義》，分別刊於《救亡日報》第十五號、《戰時聯合旬刊》第三期。

十一日，作雜論《一支火箭以後》和《首先是幹部問題》，先後刊於《救亡日報》第十六、十七號。十七日，作雜論《光餅》，刊於《救亡日報》第二十一號。二十一日，作雜論《寫於九月二十一日中午》，後刊於《文摘》第一號。

雜論《戰神在嘆氣》和《今年的「九‧一八」》，先後刊於《烽火》創刊號、第三期。《從三方面入手》、《內地現狀的一鱗一爪》和《漫談二則》，先後刊於《救亡日報》第十二、二十二、二十六號。《事實擺在這裡》和《日本文武的「豪話」》，同刊於《戰時聯合旬刊》第二期。《戰時讀報感想》，刊於《立報‧言林》（二十一日）。

十月

一日，作雜論《三件事》，刊於《救亡日報》第三十六號。雜論《如何能持久》刊於《救亡週刊》第一期。

散文《街頭一瞥》，刊於《國聞週報》戰時特刊第三期。《無題》刊於《文學》第九卷第三號。

五日，茅盾離上海，把兩個孩子送往長沙，十一月十二日回上海（途經漢口、南昌、杭州等地）。在長沙期間（十月中旬，約十天），住城郊白鵝塘一號，並曾到湖南大學講演一次。

十一月

散文《非常時期》（後收入《茅盾文集》第九卷時改爲《蘇嘉路上》），刊於《烽火》週刊第十二、十三——十四、十五期。

上海淪陷，《烽火》停刊，共出十二期，後遷至廣州，一九三八年一月續出。

十二月

月底，茅盾夫婦離開上海，途經香港，在香港耽至元旦。

是年

自春季開始，至「八‧一三」上海抗戰止，主持過半年左右的「月曜會」聚餐，約每兩週一次，每次十來人，參加者隨意交談，討論些共同關心的問題。參加的大都是青年作家，如張天翼、沙汀、艾蕪、陳白塵、王任叔、蔣牧良、端木蕻良等，另有王統照，有時艾思奇也來參加。常談及國內外形勢、文壇動向、文藝思潮、文藝創作等。此舉與馮雪峰商量過，聚餐費主要由茅盾負擔。

〔**重要紀事**〕

年初

上海東亞圖書館出版《恩格斯等論文學》，收錄恩格斯論文學、巴爾扎克的書信和列寧論托爾斯泰的三篇論文。

一月

在地下黨的支持下，由陳波兒領導的上海婦女兒童慰問團組成，前往綏遠前方慰勞抗日將士。

二月

中共中央致電國民黨五屆三中全會，提出國共兩黨重新合作，聯合抗日的五項國策和四項保證。從本月中旬至六月中旬，中共代表周恩來、葉劍英同國民黨代表先後進行了多次關於國共兩黨合作抗日的談判。

宋慶齡、何香凝、馮玉祥等十三人在國民黨三中全會上提出恢復孫中山的聯俄、聯共、扶助農工三大政策。

四月

中共中央發表《告全黨同志書》,號召全黨為實現國內和平、民主,對日抗戰而奮鬥。

新華通訊社在延安成立。中共機關刊物《解放》在延安創刊。

六月

日、德法西斯合拍的鼓吹日本侵略我國東北的影片《新土》在滬上映後激起中國人民的憤慨,三百七十餘名電影戲劇工作者聯合發表了《對於〈新土〉在華公映的抗議》,一百四十餘名文藝界人士又聯名發表了《反對日本〈新土〉辱華片宣言》。

七月

七日,蘆溝橋「七‧七」事變發生,全國抗戰開始。

八日,中共中央發布通電,號召全民族抗戰。

十五日,中共中央將《中國共產黨為公布國共合作宣言》交給國民黨中央,並於十七日派代表至廬山與國民黨代表會談國共合作問題。

北京、天津陷落。

上海文藝界救亡協會成立。

電影界工作人協會在上海成立,同時在該會下成立了中國電影界救亡協會。

抗戰爆發後,郭沫若從日本回到上海。

八月

十三日,日軍大舉進犯上海,南京國民黨政府被迫於十四日發表「自衛」宣言。蔣介石這時才同意西北紅軍主力改編為國民革命軍第八路軍。不久,中國工農紅軍即改編為國民革命軍第八路軍,朱德任總指揮,彭德懷任副總指揮,後開赴山西抗日。

中蘇兩國政府簽訂互不侵犯條約。

中共中央政治局在陝北舉行擴大會議,通過了《抗日救國十大綱領》。

在上海戲劇界救亡協會主持下,十三個救亡演劇隊宣告成立,在上海和各地宣傳抗日救亡運動。

沈鈞儒等七君子被保釋出獄。

九月

漫畫界救亡協會主辦的《救亡漫畫》(五日刊)在上海創刊。同時成立漫畫

界救亡協會漫畫宣傳隊。

從事抗日救亡宣傳的兒童團體孩子劇團在上海成立，吳新稼任團長。

十月

國共兩黨達成協議，將南方八省十二個地區的紅軍遊擊隊統一改編爲國民革命軍陸軍新編第四軍，葉挺任軍長，項英爲副軍長兼政委。

西北戰地服務團在延安成立，前往山西、陝西兩省的十幾個縣進行抗日文藝宣傳。丁玲任團長，舒群、周立波任副團長。

毛澤東在魯迅逝世週年紀念大會上講話，提出「學習魯迅精神」，學習魯迅的「政治遠見」、「鬥爭精神」、「犧牲精神」。

十一月

第一個敵後抗日根據地——晉察冀根據地建立。

日軍侵佔了上海、蘇州、太原等地。

田漢、馬彥祥主編的《抗戰戲劇》創刊於武漢。

十二月

國民黨政府棄守南京，遷往武漢。杭州、濟南、青島等城相繼丟失。

陝甘寧邊區文化界救亡協在延安成立，由成仿吾、周揚等負責。

中華全國戲劇界抗敵協會在武漢成立。

中共在國統區的機關刊物《群眾》週刊在漢口創刊。

是年

抗戰開始後，中共分別在南京、武漢、西安、重慶、太原、長沙、桂林、蘭州、迪化等地公開設立八路軍辦事處，在廣州等地設立八路軍通訊處。

一九三八年（戊寅）四十二歲

一月

三日，到廣州。

四日，偕夫人往廣州新亞酒店出席滬、港、粵文化人聯歡會。到會的還有郭沫若、蔡楚生、歐陽山、林林、林煥平等。

五日，作雜論《還不夠「非常」》，刊於廣州《救亡日報》（八日）。

十二日，抵達長沙，住長沙近郊白鵝塘一號。

十六日，參加長沙文藝界爲茅盾舉行的歡迎茶話會，有徐特立參加並講話。

在長沙時，曾應長沙文化界的邀請在「銀宮」作了一次公開講演。

作散文《憶錢亦石先生》和《「青年日」速寫——國際反侵略宣傳週第三日》，分別刊於《抗戰日報》（二月二日）、《少年先鋒》創刊號。散文《「孤島」見聞》，刊於《文摘》戰時旬刊新年特大號。

信《粵湘途中》和評論《這時代的詩歌》，先後刊於廣州《救亡日報》（十四、二十六日）。

二月

一日，作評論《第二階段》，刊於廣州《救亡日報・文化崗位》（八日）。

七日，隻身赴武漢，著手籌辦《文藝陣地》。開始「指定的名字是《文藝崗哨》，後來覺得《文藝陣地》四個字更沉著些，便在三教街一個朋友的家裡決定了，過了幾天，他就擬好整個的編輯計劃，並和生活書店訂定了合同。」（樓適夷：《記〈文陣〉二年》）

曾去武昌拜訪老舍，約他爲《文藝陣地》寫稿。茅盾原要求他寫通俗的大鼓書詞，以提高民眾的抗日情緒。老舍因已寫過幾篇大鼓書交某刊物發表，所以後來就作了一齣新京劇《忠列圖》寄給茅盾，登載在《文藝陣地》創刊號上。

在武漢時，曾去拜訪董必武，董老問茅盾是否願意留在武漢，茅盾表示要辦雜誌和寫小說，董老尊重茅盾的選擇，並介紹吳奚如盡量幫助提供和介紹反映敵後鬥爭的稿件。

十日，作評論《「抗戰文藝展望」之發端》，刊於《抗戰三日刊》第四十五號。十一日，作評論《關於大眾文藝》，刊於《新華日報》（十三日），後改題爲《抗戰文藝的重要課題》，轉刊於廣洲《救亡日報》（十七日）。

十三日，參加響應國際反侵略大會宣傳週「兒童日」大會，看了孩子劇團演出，後於十七日作散文《記「孩子劇團」》，刊於《少年先鋒》半月刊第一卷第二期。

十四日，在漢口量才圖書館作《文藝大眾化問題》的講演，後刊於廣州《救亡日報》第一五四、一五五號（三月），還收入《抗戰文藝論集》。隨著抗戰形勢的發展，文藝大眾化的問題又被重新提了出來。茅盾這時候發表的講演和文章就涉及這問題，而《文藝大眾化問題》則較全面地談了對這一

問題的看法，其中包括：（一）文藝大眾化的迫切性、必要性。茅盾認爲新文藝雖然已有十多年歷史，卻一直沒有做到大眾化，讀者只限於極少數的知識份子和青年學生。當前在抗戰的新形勢下，「十萬火急地需要文藝來做發動民眾的武器」，大眾化問題，「非趕快解決不可了！」（二）文藝大眾化的標準，「應該把大眾能不能接受作爲第一義，而把藝術形式之是否『高雅』作爲第二義。」（三）文藝大眾化的要求，認爲總的「必須從文字的不歐化以及表現方式的通俗化入手」，具體的，應做到：「從頭到底說下去，故事的轉彎抹角處都交代得清清楚楚」；「抓住一個主人翁，使故事以此主人翁爲中心順序發展下去」；「多對話，多動作；故事的發展在對話中敘出，人物的性格，則用敘述的說明。」（四）利用傳統的藝術形式來表現抗戰的內容，寫「抗戰的鼓詞」、「抗戰的京戲」、「抗戰的楚劇和湘戲」，都是「令人興奮的好音」，應使其「擴大而普及起來」。

十六日，作《關於鼓詞》，後刊於《文藝月刊》戰時特刊第八期。

在武漢的十多天中，曾由馮乃超陪同，訪見陳獨秀一次。

因武漢印刷不便，加之武漢是國民黨的政治中心，爲避麻煩，便決定去廣州編輯出版《文藝陣地》。

周恩來在漢口接見準備前往香港主編《文藝陣地》的茅盾，向他表示，在延安及華北各根據地工作的文化人和老幹部所寫的稿件，可由延安轉長江局寄茅盾發表，或作爲創作素材。

十九日，回到長沙。二十一日，全家乘車南下，二十四日抵廣州，住愛群大酒店。

二十六日，應歐陽山之約到廣州知用中學作一次講演，內容涉及對當前文藝工作的意見，由歐陽山作翻譯（譯爲廣東話）。

二十七日，應林煥平之約參加廣州文學會文學研究委員會舉辦的文學座談會，座談題目爲：《戰時文藝工作綱領和文藝大眾化和中國化的問題》。

應薩空了邀請去香港主編《立報》副刊《言林》。二十七日下午三時半，偕夫人孔德沚和女兒沈霞、兒子沈霜去香港，先住九龍尖沙嘴附近的一條街道，後遷至九龍太子道一九六號四樓，至十二月，在港九共住了約九個月。

評論《廣「差不多」說》，刊於《戰鬥旬刊》第二卷第四期。《文藝大眾化問題》，刊於《抗戰三日刊》，轉刊於《救亡日報》。

雜論《爲著幼年的中國主人》、《我們怎樣回答朋友的熱心》和《「戰時如平時」解》，分別刊於廣州《救亡日報》（十一日）、漢口《大公報》（十二日）、《新華日報》（十九日）。（《爲著幼年的中國主人》，後刊於《少年先鋒》創刊號時改題爲《珍惜我們民族的未來主人》。）

三月

評論《關於〈抗戰後文藝的一般問題〉》，刊於《大眾日報·大眾呼聲》（二十一日）。

二十七日，中華全國文藝界抗敵協會在漢口成立，茅盾未出席，被選爲理事。

四月

茅盾等九十七人簽署的《中華全國文藝界抗敵協會發起旨趣》，發表於《自由中國》創刊號。

《立報》副刊《言林》創刊，由茅盾編輯。作長篇小說《第一階段的故事》，連載於《言林》，自四月一日至十二月三十一日，達九個月之久。連載時，本想題名爲《何去何從》，但怕太顯眼惹起麻煩，所以改題爲《你往哪裡跑》。一九四五年四月由重慶亞洲圖書社出單行本時改名爲《第一階段的故事》。《第一階段的故事》描寫上海「八·一三」戰爭期間上海各階層人士對抗戰所持的不同態度。它熱烈地歌頌了上海軍民英勇抗戰的戰鬥精神和愛國熱情，也毫不留情地揭露、鞭撻了國民黨的降日活動和漢奸、投機商、托派分子的罪惡行徑。故事的結尾，作者著重寫了仲文等愛國進步青年選擇了到抗日的聖地——延安去的正確道路。作品在當時發表對鼓舞人民的抗日鬥志，使大家認清前途，無疑是起了重大作用的。但作品爲了要「盡量從俗」，也因寫得倉促，在藝術上不免顯得不夠精細，結構鬆弛，一些人物個性化不充分，語言也變化不多。

十六日，茅盾主編的《文藝陣地》創刊於廣州。編輯部設廣州，而茅盾則每月從香港去廣州兩次（因是半月刊）。茅盾在《發刊詞》上明確地表示了該刊爲抗戰服務的宗旨：「《文藝陣地》上立著一面大旗，大書：『擁護抗戰到底，鞏固抗戰的統一戰線！』」

短評《祝全國文藝家的大團結》，刊於《文藝陣地》創刊號。該文進一步強調文藝家在抗日的大旗下，加強團結戰鬥：「文藝界同人應當根絕了過去那種貌合神離，包而不辦，宗派關門等等缺點，一心一德，有計劃有步驟，

不近視也不空談，堅毅勇猛，虛心從善，戰戰兢兢地負荷起當前艱鉅的工作來。」

在創刊號上刊登的還有短評《「戰鬥的生活」進一解》，書報評述《〈給予者〉》、《〈飛將軍〉》、《〈時調〉》，以及《編後記》。

二十九日，作雜論《從〈娜拉〉說起》。

《〈言林〉獻詞》，雜論《針失敗主義》、《燒盡了現存的卑污與狂暴》、《知識份子試論之一·正名篇》、《知識份子試論之二·知識篇》、《戰利品》和《記兩大學》，先後刊於《立報·言林》（一、二、三、五、十一、十二日）。雜論《我們對兒童給了些什麼》，刊於廣州《救亡日報》（四日）。

八路軍駐港辦事處主任廖承志對茅盾主編的《文藝陣地》格外重視。他特地派辦事處的工作人員杜埃，將重慶出版的《新華日報》每期都送茅盾。由於國民黨封鎖，此報發行很有限，在香港往往幾十人才傳閱一份，對茅盾算是特優。茅盾得到後很高興，說：「有了它，我就有了指路明燈。」

五月

中華全國文藝界抗敵協會機關報《抗戰文藝》創刊，茅盾為編輯委員。

評論《文藝批評的建設問題》，刊於《救亡日報》（四日）。

短評《浪漫的與寫實的》、《所謂時代的反映》、《「深入」一例》，書刊評介《〈八百壯士〉》、《新刊三種》，《編後記》，同刊於《文藝陣地》第一卷第二期。《「孤島」文化最近的陣容》、《編後記》，同刊於《文藝陣地》第一卷第三期。《對於文藝通訊的意見》，刊於廣州《救亡日報》（二十三日）。

《浪漫的與寫實的》論及創作方法，強調指出，五四以來文藝上有各種創作方法，但「時代的客觀的需要是寫實主義，所以寫實文學成了主潮」；「寫實文學的真精神就在它有一定的政治思想為基礎，有一定的政治目標為指針。」這政治思想基礎就是「民族的自由解放和民眾的自由解放」。

散文《我的小學時代》，刊於《宇宙風》第六十八期。

政論《「五四」的精神》、《憶五四青年》和《從敵人摧殘文化說起》，分別刊於《文藝陣地》第一卷第二期、《立報·言林》（四日）、《大眾生路》第二卷第七期。

雜論《讀史偶得》，刊於《立報·言林》（二十九日）。

茅盾等十八名作家《給周作人的一封公開信》，發表於《抗戰文藝》第一卷

第四期。公開信對周作人背叛民族、屈膝投降日本帝國主義的罪行進行了批判，同時希望他幡然悔悟，間道南來。

六月

從四月中起，由於廣州連遭敵機轟炸，安全無保障，經與生活書店商量，決定將《文藝陣地》從第一卷第四期（六月）起在上海秘密排印，然後將印好的刊物運回香港，轉發內地和東南亞；並請在上海的孔另境幫助發稿、看校樣。孔另境幫助編校《文藝陣地》至本年十二月。

魯迅先生紀念委員會完成《魯迅全集》的編輯。茅盾曾與商務印書館香港分館洽商全集在香港出版的問題，商務分館不願承擔風險，最後只好由紀念委員會設法出版。

短評《大眾化與利用舊形式》、《質的提高與通俗》、《利用舊形式的兩個意義》，書評《〈遊擊中間〉及其他》、《〈突擊〉》，同刊於《文藝陣地》第一卷第四期。書評《〈北方的原野〉》、《編後記》，同刊於《文藝陣地》第一卷第五期。

三篇短評仍圍繞大眾化問題，著重談了利用舊的傳統文藝形式和普及與提高的問題，是對二月在漢口作的演講《文藝大眾化問題》的進一步發揮和補充。

二十日，作雜論《留心被技術工作束縛住》，刊於廣州《救亡日報》（二十七日）。雜論《民族的心聲》，刊於《立報·言林》（二十八日）。

二十七日，作評論《論加強批評工作》，後刊於《抗戰文藝》第二卷第一期。抗日戰爭開始後，文藝創作蓬勃發展，但文藝批評工作卻較為落後，對創作起不到指導作用。特別在創作中有關歌頌與暴露的關係問題，認識混亂，國民黨反動派以高壓手段只許作家歌頌，不許暴露，一部分反動文人則為破壞抗戰的勢力塗脂抹粉，混淆視聽。茅盾此文強調加強文藝批評的必要性外，專門談了對這一問題的看法。指出，「抗戰的現實是光明與黑暗的交錯，──一方面有血淋淋的英勇的鬥爭，同時另一方面又有荒淫無恥，自私卑劣。」一篇文藝作品如果只寫抗戰的光明面，會引起「盲目的樂觀」，而「盲目的樂觀在現實的打擊下往往會一變而為無條件的悲觀。」所以文藝創作除歌頌光明外，還應暴露黑暗，只有這樣，才能鼓舞人民去「爭取」抗戰的「最後勝利」。

雜論《退一步想》、《古不古》和《又一種看法》，先後刊於《立報・言林》
（八、十一、二十五日）。

七月

短評《祝時代劇團》和書評《〈台兒莊〉》，分別刊於香港《立報・言林》（十
日）、《文藝陣地》第一卷第七期。《文藝陣地》第一卷第六和第七期《編後
記》先後發表。

雜論《保衛武漢的決心》、《從「戲」說起》、《「七七」》和《關於青年問題
的一二言》，先後刊於《立報・言林》（四、五、七、十五日）。《「七七」獻
詞》，刊於《少年先鋒》第一卷第十期。

散文集《炮火的洗禮》由桂林文化生活社出版，收入茅盾「八・一三」上
海抗戰後所寫的十五篇散文。

八月

短評《關於士兵讀物》、《不要誤解了報告文學》、《從作品看「群眾工作」》，
書評《〈兩個俘虜〉》、《〈大眾抗敵劇叢〉》、《〈怎樣寫報告文學〉》，《編後記》，
同刊於《文藝陣地》第一卷第八期。論文《八月的感想——抗戰文藝一年
的回顧》，書刊評介《〈河內一郎〉》（收入《茅盾文藝雜論集》時改題為《丁
玲的〈河內一郎〉》）、《〈大上海的一日〉》、《從西北到西南》，《編後記》，同
刊於《文藝陣地》第一卷第九期。

《八月的感想》——抗戰文藝一年的回顧》通過對一年來小說創作的總結，
明確提出「創作的最高目標是寫典型事作中的典型人物」，作家既要寫「代
表新時代的曙光的典型人物」，也要寫「正在那裡作最後掙扎的舊時代的渣
滓」，同時「應當從各種各樣人的活動中去表現時代的面目」。

七日，作散文《追記一頁》，後收入一九三九年四月烽火社出版的散文集《炮
火的洗禮》。

八日，作雜論《光榮的一週年》，刊於《救亡日報》（十三日）。二十九日，
作雜論《談「邏輯」之類》，刊於《立報・言林》（三十一日）。雜論《宣傳
和事實》、《漫談二則》、《今日之上海》和《也談談「周作人事件」》，分別
刊於《星島日報・星座》（一、八日）、《天文臺半週評論》（十四日）、《烽
火》第十八期。雜論《談「作風」》、《閒話「臨大」》和《今日》，先後刊於
《立報・言林》（二、五、十三日）。雜論《論〈論遊擊隊〉》，刊於《立報・

言林》（六日）。該文是對陳獨秀《論遊擊隊》一文的批駁。

九月

書刊評介《〈北運河上〉》、《〈中華兒女〉》、《〈南洋週刊〉及其他》及《編後記》，同刊於《文藝陣地》第一卷第十期。評論《小說與名》，書刊評介《〈陽明堡底大戰〉》、《〈小說與民眾〉》、《〈黃河北岸〉》，《編後記》，同刊於《文藝陣地》第一卷第十一期。

四日，作評論《與斯範論大眾文學的寫法——致斯範先生》，刊於上海《譯報》（二十二日）。

雜論《論「中性邏輯」》、《「閒話」之閒話》和《第七個「九‧一八」》，先後刊於《立報‧言林》（三、十三、十八日）。

十月

短評《偉大的十月》、《新生前的陣痛》、《暴露與諷刺》，書刊評介《〈大時代的插曲〉》、《〈在湯陰火線〉》、《西北高原與東南海濱》，《編後記》，同刊於《文藝陣地》第一卷第十二期。短評《「寬容」之道》、《「……有背於中國人現在為人的道德」》、《謹嚴第一》、《韌性萬歲》，《編後記》，同刊於《文藝陣地》第二卷第一期。

評論《學習魯迅》，刊於《大眾日報‧文化堡壘》（十二日）。《關於「魯迅研究」的一點意見》，刊於《大公報‧文藝》（十九日）。《以實踐「魯迅精神」來紀念魯迅先生》，刊於《立報‧言林》（十九日）。這幾篇和發表在《文藝陣地》第二卷第一期上的四篇短評都為紀念魯迅逝世兩週年而作。作者結合當時的鬥爭形勢，提出發揚魯迅的徹底的不妥協的戰鬥精神，具有重大的現實意義。他指出，從魯迅那裡學會「去分辨出哪些人不能和他們講寬容」，以及「如何去對付那些『寬容不容』的人」（《「寬容」之道》）；同時強調要充分揭露形形色色托派的「為虎作倀」，號召作家「用藝術形象」來給他們「鑄奸」（《……有背於中國人現在為人的道德》）。

七日，作雜論《抗戰中的第二個「雙十」》，刊於《立報‧言林》（十日）。雜論《常談》，刊於《自由》第一卷第一期。

十四日，作短評《悼李南桌——一個堅實的文藝工作者》，刊於《立報‧言林》（十六日）。李南桌是《文藝陣地》的文藝論文的主要撰稿人之一，他是茅盾在長沙認識的一名二十五六歲的青年，茅盾認為他「才華橫溢」，所

寫的論文「沒有『洋八股』的濁氣，卻處處透出新穎獨到的見解」，是一位少有的「卓越的青年文藝理論家」。（茅盾：《回憶錄·在香港編〈文藝陣地〉》）本月十三日，李南桌因患盲腸炎未得及時治療而猝然離去，此文就是聞悉噩耗後的次日在十分沉痛、哀惋的心情下寫的。嗣後為了紀念，茅盾把他的論文匯集起來，幫他夫人編了一本《李南桌文藝評論集》，並推薦給香港生活書店出版了。

十月底至十二月間，應香港中華業餘學校校長吳涵眞的懇請，到該校去義務教授文學科一段時間，每週一個晚上。講授內容是初學寫作的問題和對抗戰文藝現狀的看法。該校除文學外，還有政治、經濟、戲劇、外國語、實用科學等科，每科三個月為一期，去講課的還有金仲華、劉思慕、林煥平、樓適夷等。

十一月

書刊評介《〈戰地書簡〉》、《「孤島」的新刊》、《士兵讀物兩種》，《編後記》，同刊於《文藝陣地》第二卷第二期。書刊評介《〈軍民之間〉》、《〈到明天〉》、《〈詩時代〉》，同刊於《文藝陣地》第二卷第三期。

作短評《從〈風洞山傳奇〉說起》，後收入一九四二年十二月出版的《文藝論文集》。

三日，作雜論《少數民族》，刊於《立報·言林》（五日）。雜論《從數字說起》和《從圖表說起》，先後刊於《立報·言林》（三、七日）。

散文《懷念行方未明的友人》，刊於《立報·言林》（二十四日）。

十二月

短評《蘇聯紀念托爾斯泰生年一百十週》、《辛克萊六十生辰》、《影片〈高爾基的少年時代〉》、《〈文陣〉廣播》以及《編後記》，同刊於《文藝陣地》第二卷第四期。《編後記》，刊於《文藝陣地》第二卷第五期。

主編《文藝陣地》至第二卷第五期。從一九三九年一月第二卷第六期起由樓適夷負責代理主編。第二卷第六期「編後記」說：「本刊編輯人茅盾即將到內地旅行，編務暫由樓適夷代理。」但第二卷第七期以前的大部分稿件已經茅盾預先校閱選定，樓適夷「只是作了一道編排的手續」。

二十日，應杜重遠之邀，離香港前往新疆，擬到新疆學院任教。全家四口乘輪船從香港先到海防，後經昆明、蘭州去新疆。同行的有杜重遠的妻舅

侯立達和公司中的一名高級職員楊先生。到碼頭送行的有樓適夷、甘伯林、李南桌夫人，以及其他朋友。

兩刊的編務，除《文藝陣地》交由樓適夷代理，《立報》副刊《言林》交給杜埃。

赴新疆的想法是十月底廣州失陷（十月二十一日）後產生的，「廣州既失，此間眞成了孤島，英帝國對日大概只有更恭順，反日份子在此愈難立足。而生活程度之高漲，亦使人不能再久居。我們還是想到內地去，大概一月後即可決定。」（茅盾十月二十二日致孔另境信。見浙江文藝出版社出版的《茅盾書簡（初編）》決定之前曾找廖承志打聽過新疆情形。

二十二日，抵海防，當天乘車去河內，二十三日、二十五日，先後到達永安和老街、河口。

二十八日，乘火車抵昆明。迎接的有雲南省文協的負責人、雲南大學教授楚圖南，以及穆木天、施蟄存、馬子華等。下榻處是西南旅社。當天下午看望杜重遠夫婦。晚上出席文協雲南分會爲茅盾洗塵的晚宴，見到了朱自清、沈從文等。

二十九日，上午參加文協昆明分會在文廟桂香樓舉行的茶話會，並應邀在會上講話，談了一年半來個人的感受，介紹了上海、香港、廣州三地一年來文化運動的情況，也簡略地涉及了抗戰文藝當時存在的一些問題。這篇講話的記錄整理稿後來發表在一九三九年一月五日的《雲南日報》的副刊《南風》上，題爲《統一戰線與基本工作——在文協分會歡迎席上報告》。

三十日，上午顧頡剛來旅社訪問，談了昆明文化界的一些情況和問題；晚上觀看金馬劇團演出的話劇《黑地獄》，演完後到後臺同演員見面，詢問了劇團的歷史、經費來源以及演出情況，深爲他們的苦幹精神所感動，回旅社後當夜就寫了一篇題爲《看了〈黑地獄〉》的文章，後發表在《雲南日報·南風》上（一九三九年一月一日）。

三十一日，上午全家拜訪顧頡剛，在顧家吃午飯。下午茅盾由顧頡剛陪同到朱自清家，會見在西南聯大任教的一些朋友，包括朱自清、聞一多和吳晗。茅盾向他們談了抗戰文藝運動情況和外來文化人與本地文化界如何團結合作的問題，大家並一起議論了汪精衛投敵後的國內形勢。晚上看望冰心，在冰心家吃了晚飯。

是年

茅盾等著《戰時散文集》由戰時出版社出版。

〔重要紀事〕

一月

第一個由中共領導的抗日民主政權——晉察冀邊區臨時行政委員會成立。

中共中央長江局機關報《新華日報》創刊於漢口，潘梓年任社長。後遷重慶。

音樂界抗日統一戰線組織——中華全國歌詠協會和電影工作者統一戰線組織——中華全國電影界抗敵協會，先後在武漢成立。

世界著名的荷蘭紀錄電影藝術家約·伊文思到武漢，編攝了中共領導人民抗日的優秀紀錄片《四萬萬人民》（又名《一九三八年的中國》），後在美、法、荷、比等國上映。

二月

周恩來任國民政府軍事委員會政治部副部長，郭沫若任政治部第三廳廳長，在周恩來直接領導下負責抗日宣傳工作。

中華全國戲劇界抗敵協會會刊《戲劇新聞》月刊創刊於漢口。

三月

國民黨於武漢召開臨時全國代表大會，通過所謂「抗戰建國綱領」，確定設立三民主義青年團。

晉西北抗日根據地建立。

四月

張國燾在武漢公開背叛共產黨，投靠國民黨。

五月

冀魯豫抗日根據地建立。

張道藩策劃的中華全國美術界抗敵協會成立。進步美術工作者在武漢另組中華全國木刻界抗敵協會（由劉建庵、力群等負責）和中華全國漫畫抗敵協會（葉淺予負責）。

中華全國文藝界抗敵協會會刊《抗戰文藝》創刊於武漢，蔣錫金主編，後改由馮乃超、孔羅蓀、葉以群接編。

六月

宋慶齡組織保衛中國同盟，向國外和華僑宣傳抗日運動，募集醫藥和其他物資，介紹國際醫療隊來華參加戰時救護工作。

八月

延安的戰歌社和西北戰地服務團在延安發起街頭詩歌運動。

九月

由八路軍總政治部領導的延安影劇團成立，根據地的電影事業從此誕生。

九月至十一月

中共在延安舉行擴大的六屆六中全會。會議通過了政治決議案，批准了以毛澤東為首的中央政治局的路線，基本上克服了王明在抗日問題上的右傾投降主義錯誤，統一了全黨的步調。

十月

魯迅藝術學院在延安成立，後改名為魯迅藝術文學院。

十二月

國民黨副總裁汪精衛公開判國投降日本。

梁實秋在其主編的《中央日報》副刊「編者的話」中提出「與抗戰無關」的反動論調，誣衊抗戰文學是「抗戰八股」等。

是年

廈門、徐州、廣州、武漢、長沙等地先後淪陷。

根據地的重要文藝刊物《文藝突擊》半月刊在延安創刊。

西北戰地服務團在武漢創辦《戰地》月刊，由舒群主編。

一九三九年（己卯）四十三歲

一月

一日，在楚圖南等陪同下遊覽了西山龍門，並泛舟滇池；二日，參加文協的新年聯歡會；三日，去西南聯大座談。

四日，應雲南大學文史研究會之請，到雲南大學至公堂講演，題為《抗戰文藝的創作與現實》，《雲南日報》五日刊登了講演的消息。

五日，全家離昆明，當天飛抵蘭州，同行的有薩空了的太太和兩個女兒，

經成都時，又有張仲實加入。到機場送行的有楚圖南等文協分會的成員。
在蘭州住南關外中國旅行社蘭州招待所，共耽了四十五天。

六日，中央社的一位記者來訪，寫了一篇訪問記登在當地報紙上。

此後，絡繹不絕有人來訪。訪客中有蘭州生活書店分店經理薛迪暢，《現代評壇》的編者趙西，早期的共產黨員、北伐時擔任過蔣介石衛隊營長的胡公冕，西北公路局局長沈某（自稱是沈澤民在南京河海工程專門學校的同班同學）。

與張仲實拜訪中共駐蘭辦事處的代表謝覺哉，順便了解新疆情況，謝不在，見到了剛從延安來的伍修權。數日後，謝覺哉到招待所看望茅盾、張仲實，他表示對新疆情況不甚了解，只是稱我們有人在那裡幫助盛世才工作，到那裡後可與他們取得聯繫。

應《現代評壇》編者趙西等邀請，先後於中下旬到萃英門的甘肅學院作兩次講演。第一次的講題是《抗戰與文藝》，強調文藝既要寫光明面，也要寫黑暗面，文藝有鼓勵民眾、教育民眾、組織民眾的作用。這次講演的記錄整理後發表在蘭州的《現代評壇》第四卷第十一期上。第二次的講題是《談華南文化運動的概況》，介紹了華南各地文化運動的情況，並聯繫西北文化運動狀況發表了自己的看法和意見。講演的記錄整理稿後發表在蘭州《現代評壇》第四卷第十二至十五期合刊、第十六期上。（一九八一年，這兩篇講演稿又同時刊登在《河北師院學報》第四期上，後一篇改題為《談抗戰初期華南文化運動概況——一九三九年一月的講話》）

評論《公式主義的克服》和《談「深入民間」》，分別刊於《文藝陣地》第二卷第七期、《新雲南》創刊號。《大眾化與「詩歌的斯泰哈諾夫運動」》，刊於文協雲南分會出版的詩歌月刊《戰歌》第五期（此文迄今未找到）。

作散文《海防風景》，後收入一九四三年四月文光書店出版的散文集《見聞雜記》。

二月

二十日，離蘭州，飛抵哈密。以哈密區行政長劉西屏為首的一群地方官員到機場迎接。在哈密停留半個多月，第一天住招待所，後住專門接待蘇聯過往人員和軍官的「外賓招待所」。

《茅盾先生來信》，刊於《文藝陣地》第二卷第九期。

三月

評論《問題的兩面觀》，刊於《文藝旬刊》第三卷第一期。

八日，茅盾全家由迪化派來的副官陪同乘汽車去迪化，同行的還有張仲實、薩空了的太太和兩個女兒。十一日，到達迪化，途中經過鄯善、吐魯番，並翻越了天山。督辦盛世才以及杜重遠驅車至迪化市郊迎接。在迪化住了將近一年兩個月，寓所座落在南梁的一個狹長大院內，馬路的對面是蘇聯領事館。

十二日晚，赴督辦公署，參加盛世才爲茅盾、張仲實洗塵而設的盛宴。同席的有新疆當局的各廳廳長，其中包括財政廳長周彬（毛澤民）和教育廳長孟一鳴（原名徐夢秋），這兩人都是從延安來的。

十三日，由院長杜重遠陪同，與張仲實去新疆學院與同學見面。新疆學院的規模甚小，學生只有一百二三十人，還包括一個五六十人的高中班。學院現分兩個系，茅盾任教育系系主任，張仲實任政治經濟系系主任，兩人包教本系的主要課程。教育系的課程，主要是教育學、中外歷史、思想史等，沒有文學課。自此，茅盾開始在新疆學院任教，至十一月辭退，歷時約八個月，具體教中國通史、中國學術思想概論、西洋史等好幾門涉及歷史的課程，每週上課十七個小時，講義均親自編寫。此外，還向全校學生作過幾次文學講座。還義務輔導新疆學院一些學生的文藝活動，支持政治經濟系的學生趙普林（趙明）等辦起了新疆學院的第一份校刊《新芒》，鼓勵他們集體創作了一個題爲《新新疆進行曲》的報告劇，並親自爲該劇仔細潤色。（後來，這個報告劇於五月下旬正式公演。）

十五日，採納杜重遠的建議，與張仲實拜訪了幾位廳長。接著，廳長們陸續前來回拜。毛澤民向茅盾暢談了別後十餘年來（一九二七年至一九三九年）的變化，新疆的情況，盛世才的特點，並提醒需要注意的地方。孟一鳴回拜時也針對茅盾的詢問介紹了一些有關盛世才和本地人事情況，提了處事的原則意見。在拜會的客人中還有一位聯共派來的邊務處的副處長陳培生（原名劉進中），他家與茅盾家挨得很近，後來兩家交往較密切。

下旬，盛世才找茅盾和張仲實談話，提出要成立全新疆的文化協會，把新疆十四個民族已有的各文化促進會統管起來，請茅盾任協會的委員長，張仲實任副委員長。並表示另一名副委員長兼秘書長由漢族文化促進會的會長李佩珂擔任。

四月

八日，新疆文化協會成立，茅盾被推為委員長，張仲實、李佩珂被推為副委員長，李兼秘書長。李佩珂是盛世才的親信，茅盾與張仲實商量決定，把文化協會的行政（包括財務）、人事工作與各民族文化促進會的聯絡工作都推給李管，他們只搞文化工作。協會下設三個部：編譯部、藝術部和研究部。茅盾兼藝術部長，張仲實兼研究部長，李佩珂兼編譯部長。茅盾的具體工作，一九三九年上半年主要是編小學教科書，下半年是辦文化幹部訓練班，開展話劇活動。為了編好小學教科書，茅盾向孟一鳴要了兩名助手。（一名是黨員，另一名是從塔城調來的翻譯，維吾爾人，叫阿巴索夫，調他來主要是為了把編好的小學教科書譯成維吾爾文。他是作家，常以請示工作為由找茅盾談文學等問題）。

十二日，以首長的身分參加「四月革命」六週年（一九三三年四月十二日，迪化發生政變，盛世才被政變發動者以及東北軍和歸化軍的將領推上臺，此後盛便將這一天稱「四·一二革命」，年年紀念）慶祝大會。大會在北門外的軍校操場舉行，有閱兵式和馬術等表演，茅盾因是文化協會委員長，也騎馬參加檢閱。中午，還吃了一頓招待觀禮者的「抓飯」。

短論《新疆文化發展的展望》，刊於《新疆日報》十二日。文章讚揚了「四月革命」後新疆文化發展的成就，並著重分析了取得成就的原因，是「因為政府有正確的六大政策，並且有了『以民族為形式，以六大政策為內容』的文化政策！」

散文雜文集《炮火的洗禮》由重慶烽火社出版，收入《站上各自的崗位》等十五篇。

五月

上旬，剛擔任新疆反帝會（新疆的政治組織）秘書長的《新疆日報》社社長王寶乾（也是聯共派來新疆工作的黨員）找茅盾，傳達盛世才的意思，想請茅盾出來擔任反帝會的會刊《反帝戰線》的主編，並加入反帝會，徵求意見，茅盾均予婉言推辭，以多寫點文章表示積極支持。從本年七月至一九四〇年五月，共為《反帝戰線》寫了十五篇文章，其中十篇是時論。

七日，應新疆婦女協會副委員長張谷南（也是來自延安）在四月底之邀，到女子中學講《中國新文學運動》，講演稿刊於《新疆日報·女聲》第十二

期，題爲《中國新文學運動——茅盾先生在婦女協會的演講》。該文詳盡科學地闡述了中國新文學運動自五四至抗戰前夕的發展過程和特點，最後指出了新文學進一步發展的要求和任務：「（一）文學的反帝反封建的任務之完成，必須展開與加強現實主義的創作方法；而要獲得現實主義的創作方法，則作家的正確而前進的世界觀人生觀實爲必要。（二）大衆化——中國革命文學要完成其任務，須先解決大衆化的問題。」這篇文章在當時具有重大的指導意義。

九日，按照杜重遠五月紀念講演會的安排，在新疆學院講《「五四」運動之檢討》，講演稿刊於新疆學院校刊《新芒》第一期上。該文分析了五四運動的起因、內容和意義、局限，認爲它是資產階級領導的新文化運動，沒有把它當作無產階級領導的中國新民主主義革命的起點。

同日，《新疆日報》的副總編來找茅盾，約茅盾到《新疆日報》去作一次講演，談談自己的創作經驗，例如《子夜》是怎樣寫成的等等；同時約茅盾爲該報的兩個副刊——《新疆青年》和《綠洲》（文藝副刊）各寫一篇鼓勵青年和論詩的文章。這三個要求，茅盾都欣然允諾。

十日，寫完《新疆日報》副總編所約的兩篇文章——《關於詩》和《青年的模範——巴夫洛夫》，分別刊於《新疆日報·綠洲》（十三日）、《新疆日報·新疆青年》（十七日）。《關於詩》是茅盾第一篇論詩的理論文章，文章談了韻文和散文的區別，詩的特點、規律和寫詩的要求。

下旬，到《新疆日報》社的大會議室講演創作《子夜》的情況和體會，講演稿後以《〈子夜〉是怎樣寫成的》爲題刊於《新疆日報·綠洲》（六月一日）。評論《爲〈新新疆進行曲〉的公演告親愛的觀衆》，刊於《新疆日報》（二十六日）。《新新疆進行曲》演出後某天，孟一鳴來找茅盾，告訴茅盾有人在背後講他閒話，意思是說茅盾講演、寫文章太多，要茅盾有所提防。茅盾於是從六月份起一概謝絕去外單位講演，除爲《反帝戰線》寫國際問題述評外，也不再寫與本職工作無關的文章。

六月

盛世才找茅盾，建議由文化協會辦個文化幹部訓練班，調一些青年幹部參加，回去加強各地的文化促進會，訓練班主要講解六大政策，由李佩珂主講，具體工作也是李抓，希望茅盾每週給學員講一次課。茅盾允諾。訓練

班七月開學，一九四○年三四月間結束。學員來自十三個民族，二百餘人。茅盾的每週講話，頭兩次是作問題解答，後來著重介紹抗日戰爭，這時找到了一本《論持久戰》，就用七八節課的時間講解了一遍。

中旬，某天晚上，盛世才宴請途經迪化去蘇聯治療臂傷的周恩來以及鄧穎超，請茅盾夫婦赴宴作陪，同席的除盛世才夫人外，還有孟一鳴、杜重遠、張仲實等。席間夫人孔德沚乘隙交一信給鄧穎超，請她帶信給在莫斯科的楊之華，請楊之華幫忙把自己兩個孩子弄到蘇聯去學習。一個多月後，楊之華託人捎來回信，表示自己無能為力。茅盾夫婦只好打消這個念頭，爭取早日回內地。兩個孩子閒居四個月後，茅盾決定讓兒子阿桑去新疆學院語文系學習。

七月

新疆學院放暑假，杜重遠徵得盛世才同意，組織了「新疆學院暑期赴伊（犁）旅行團」，準備帶領學生到北疆去旅行，一面作抗日宣傳活動，一面進行社會調查。杜邀茅盾和張仲實同往。臨行前，英國駐喀什新領事到迪化商談英印僑民和商務問題，盛世才突然指定茅盾當陪客，與王寶乾（他也是外事處處長）、陳培生一起接待這位領事，因而伊犁的旅行未成。接著，茅盾和陳培生用四五天時間陪同英領事遊覽了南山的廟兒溝和天山博格達峰。

雜論《一九四一年的日蝕》，刊於新疆學院校刊《新芒》第一卷第一期。

八月

月初，盛世才打電話告訴茅盾，趙丹、徐韜等已到達迪化，住在南梁的招待所裡，要茅盾代表他去歡迎。茅盾和夫人、亞男一同去看望他們（包括四對夫婦、一個單身漢和一個孩子）。茅盾並專門與趙丹和徐韜談了話，向這兩人介紹了新疆的真實情況和盛世才的特點，提醒了他們需要注意的事。事後，茅盾向盛世才報告了經過，並問盛打算怎樣安置他們。盛表示可以組織一個話劇運動委員會，讓他們邊演話劇，邊推廣話劇。回家後，李佩珂來告盛世才的指示：話劇運動委員會歸文化協會領導，費用由文化協會支出。茅盾請李考慮一個話劇運動委員會的名單，再和張仲實研究後，報請盛批准。

次日，趙丹、徐韜等來回拜，茅盾就把盛世才的決定告訴他們，並告知他們今後歸茅盾直接領導，今後有事找他商量，可不必避嫌。

不久後，話劇運動委員會正式成立。成立那天，盛世才要茅盾代表他正式宴請全體成員，表示歡迎；宴會前由茅盾率領全體男演員去見了盛世才。不久，幫助選定了第一次演出劇目——章泯的話劇《戰鬥》。幫茅盾編小學教科書的劉伯珩提出：願意到話劇運動委員會去工作，茅盾允諾。

短論《學習與創造》，刊於《新芒》第一卷第二期。

時論《白色恐怖下的西班牙》、《「納粹」的侵略並不能挽救經濟上的危機》和《顯微鏡下的汪派叛逆》，同刊於新疆《反帝戰線》第二卷第十、十一期合刊。

《茅盾短篇小說集》第二集由開明書店出版，共收《秋收》等二十三篇。

九月

作劇評《關於〈戰鬥〉》，刊於《新疆日報》（十七日）。以趙丹等為主，吸收新疆學院學生參加演出話劇《戰鬥》，經過三個星期排練，定於「九·一八」紀念日公演，《新疆日報》為此專門出版了《戰鬥》公演特刊，這篇文章就為《戰鬥》公演特刊所寫，對劇本和演出作了介紹和推薦。

評論《文藝漫談》（一）（二）（三），刊於《文藝月刊》第二卷第一、二期。

時論《英、法、蘇談判遷延之癥結》，刊於《反帝戰線》第二卷第十二期。

通信《寄自新疆》，刊於《文藝陣地》第三卷第十期。這是幾封給樓適夷的信，信中主要介紹了新疆文化協會和新疆學院的情況。

十月

月初，盛世才開始軟禁杜重遠，至次年（一九四〇年）五月，把他投入監獄，後來加以殺害。茅盾與杜重遠一起工作，了解到杜愛國進步，口直心快，講話中常常開罪盛世才手下某些不學無術的親信，招致了盛世才的猜忌、不滿、懷疑。九月間抓到了製造冤案的兩個由頭：一是，話劇《戰鬥》公演後，盛世才的親信、第一中學校長姜作周就放出冷風，說內地來了個劇團，新疆學院把這個劇團抓了過去，派自己的學生去當配角，而排斥其他學校的學生。杜重遠聞知後，在新疆學院舉行的中秋茶話會上對演員和參加演出的學生說，外邊有人說閒話，因為你們演得好，有人妒嫉，這事實在難辦，太出風頭也不好……茅盾坐在他身邊，一聽不妙，趕緊插話打圓場，扭轉了緊張空氣。不久，盛世才就此事對茅盾公開表示了對杜重遠的不滿，儘管茅盾和王寶乾都替杜作了解釋，盛還氣猶未平。二是，幾天

後，盛世才又向茅盾批評杜在學院裡作的一次講話，盛表示杜說三民主義「是永久性的」，而六大政策（盛所制訂）「則有時間性」，「六大政策來自三民主義」，是「很不妥當的」。對這兩件事，茅盾都先找張仲實商量，然後一起告知杜重遠，勸杜忍耐，不忙立即去作解釋。杜卻不顧勸告，給盛寫了一封萬言書，表示莫大委曲，並對盛手下的那幫人說了許多衝動的話。這不僅沒能釋憾，反而引起更糟後果。盛不僅未回音，而且回絕了兩三次電話約見。杜找張仲實、茅盾商量，聽取兩人意見，寫了一封措辭十分婉轉請盛寬宥的信。發出不久，盛即來電話，同意杜請長假，但拒絕他去蘇聯，也不讓回內地。到十月下旬，盛又以散布盛世才的《六大政策教程》是杜重遠代寫的罪名逮捕了在新疆學院學習的杜的內弟侯立達。不久，還抓了杜的秘書孫某，在嚴刑拷打下，他「供」出了一個「與汪精衛勾結的」「杜重遠陰謀暴動集團」，其骨幹包括茅盾這些從內地去新疆的人，甚至包括遠在重慶的胡愈之和鄒韜奮。

十九日，新疆學院召開魯迅先生逝世三週年紀念會，茅盾在會上講了話，講題是《在抗戰中紀念魯迅先生》，後刊於《反帝戰線》第三卷第二期（十一月）。

時論《侵略狂人的日本帝國主義底苦悶》刊於《反帝戰線》第三卷第一期。

評論《莎士比亞出生三七五週年紀念》，刊於新疆漢族文化促進會的刊物《文藝月刊》第二卷第二期。該文是《文藝漫談》這個總題目下的三個小標題之一——第三個小標題，第一、第二無標題。

十一月

五日，中蘇文化協會迪化分會正式成立，茅盾任會長，王寶乾和張仲實任副會長，這是九月底盛世才找茅盾、王寶乾確定的。

一中校長姜作周接替杜重遠當了新疆學院院長。茅盾和張仲實便藉口文化協會工作忙，辭掉了新疆學院的工作。

文化協會舉辦了新疆第一次畫展，展品主要是繪畫、木刻，有七百來件，還有少數工藝美術品。這次展覽是因畫家魯少飛來迪化，文化協會在美術方面開展活動的成果。文化協會還辦了第一個美術刊物——漫畫月刊《時代》，編選了一本漫畫集和一本繪畫入門。

盛世才又進行了一次大逮捕，抓了歸化族文化促進會會長、回族文化促進會會長、哈薩克族的迪化市公安局局長、維吾爾族建設廳長等少數民族的

幹部。事發半月後，盛世才告訴茅盾和張仲實，說被抓的這些人是個陰謀集團，企圖發動政變。文化幹部訓練班也有兩名學員被捕，盛世才對茅盾說，這兩人是刺客。

為中蘇文化協會迪化分會成立而寫的文章《誠懇的希望》，刊於《新疆日報》（五日）。

評論《二十年來的蘇聯文學》和《由畫展得到的幾點重要意義》，分別刊於《新疆日報》（七日、十六日）。前文概述了蘇聯文學二十二年的發展道路，把它分成三個時期——革命和內戰時期，「拉普」時期，清算了「拉普」以後的時期；同時介紹了蘇聯的新歷史小說、小民族文學、集體創作和群眾性的文藝活動等。後文讚揚了文化協會舉辦的畫展的成功。

譯文《民族問題解決了》（蘇聯阿斯拉諾代），刊於《反帝戰線》第三卷第二期。

十二月

杜重遠十月份被軟禁，十一月又有大批少數民族幹部被捕，茅盾和張仲實都感到形勢日趨惡化，找孟一鳴商量如何離開新疆。他要茅盾他們等待時機，不要貿然提出辭職。月底，塔斯社的羅果夫自重慶經新疆回國休假。抗戰初期茅盾與他在上海就認識。他到迪化時通過總領事和茅盾見了面。茅盾向他提出能否讓他們全家去蘇聯（孩子去學習，茅盾夫婦去遊歷）的要求，他和總領事商量後說，未經盛世才同意，總領事不能擅自邀請中國人去蘇聯作客。茅盾便打消了通過去蘇聯而離開新疆的念頭。但放風稱眼疾復發，為回內地製造輿論。

雜論《送一九三九年》，刊於《反帝戰線》第三卷第三期。

冬

在茅盾擔任文化協會委員長期間，在文化協會的參與推動下，新疆開展了冬學運動。新疆文盲佔百分之九十幾，冬學運動的任務主要是掃盲，此外也負有消除老百姓的愚昧、落後的工作。其組織形式有夜校、識字班、家庭學習班、補習班等。

作評論《把冬季運動擴大到全疆去》，就是對這次運動的宣傳動員，後刊於《反帝戰線》第三卷第四期。

〔重要紀事〕

一月

國民黨舉行五屆五中全會，確定政策重點從對外轉向對內，制定了一整套反動的「溶共」、「防共」、「限共」、「反共」的具體政策。同時通過了蔣介石提出的《限制異黨活動辦法》。次月又秘密頒布了《異黨問題處置辦法》和《淪陷區防範共黨活動辦法草案》。接著，先後在山東製造「博山慘案」（四月），在冀中製造「深縣慘案」（六月），在湖南製造「平江慘案」（六月），慘殺八路軍、新四軍的幹部、戰士。

二月

中華全國文藝界抗敵協會延安分會的機關刊物《文藝戰線》月刊創刊於延安，周揚主編。

五月

陝甘寧邊區文藝界抗戰聯合會改為中華全國文藝界抗敵協會延安分會，選出成仿吾、周揚、蕭三、丁玲等為理事。翌年四月創刊機關刊物《大眾文藝》。

七月

七日，中共中央發表對時局宣言，提出「堅持抗戰、反對投降，堅持團結、反對分裂，堅持進步、反對倒退」三大政治口號。

八月

國民黨政府修訂《戰時圖書雜誌原稿審查辦法》，並利用中央圖書雜誌審查委員會，進一步鉗制言論自由。

九月

德國進攻波蘭，英法對德宣戰，第二次世界大戰由此爆發。

十二月

國民黨侵犯陝甘寧邊區，掀起第一次反共高潮。

日本侵略者和汪精衛秘密簽訂賣國條約《日支新關係調整綱要》（即《日汪秘約》）。

是年

八路軍留守兵團政治部所屬部隊藝術學校在延安成立，莫驊任校長。

王任叔、唐弢、柯靈、孔另境等在上海合辦《魯迅風》週刊。

一九四〇年（庚辰）四十四歲

一月

時論《所謂芬蘭事件》，刊於《反帝戰線》第三卷第四期；《記取一二八的經驗與教訓》，刊於《新疆日報》（二十八日）。

評論《從〈有眼與無眼〉說起》，刊於《新疆日報》（一日），後轉載於重慶《新華日報》（二月二十日）時刪去了第一段。這是一篇論述兒童文學的文章。

二月

上旬，沈志遠從重慶來迪化講學，住督辦公署。茅盾和張仲實往訪。次日下午沈志遠到茅盾寓所回訪，茅盾約張仲實同敘，沈志遠打聽了一下杜重遠的情況。

《茅盾先生自迪化來信（節錄）》，刊於《文學月報》第一卷第二期。

三月

評論《通俗化、大眾化與中國化》，刊於《反帝戰線》第三卷第五期。

十五日，作雜論《六大政策下的新文化》，後刊於《反帝戰線》第四卷第一期。

四月

十七日，母親在烏鎮病逝。

二十日上午，收到二叔從上海拍的加急電報，告知母親十七日在烏鎮病故的消息，並云喪事已畢。接到電報後，即與孔德沚商量，想乘此機會請假回去料理後事，通過電話向盛世才請假，盛很快同意了。茅盾還提出想在這裡開喪遙祭和讓《新疆日報》刊登訃文的要求，盛也均表同意。盛收到茅盾寫的訃告後當即打來電話表示第二天登《新疆日報》，並派盧毓麟副官長幫助辦理開喪的事，盧來後與茅盾商定二十二日開喪遙祭。

二十四日，盛世才在督辦公署設盛宴為茅盾一家和張仲實送行（張仲實是請假回去為伯母安葬），賓客二百多人，包括蘇聯總領事和迪化各界知名人士。

盛雖已答應茅盾、張仲實回內地，並開了這樣的歡送會，但遲遲不提供交通工具，孟一鳴建議他們找蘇聯總領事幫忙。蘇聯總領事告知，五一節後

有一架蘇聯交通飛機要飛重慶，他們可以搭乘。與總領事商定，在五一節的宴請上，由茅盾直接向盛督辦提出此事，盛如推向總領事，他就當面答應。

介紹文章《蘇聯的科學研究院》，刊於《反帝戰線》第四卷第一期。

評論《文化工作的現在與未來》，刊於《新疆日報》（十一日）。

五月

時論《帝國主義戰爭的新形勢》，刊於《反帝戰線》第四卷第二期。

一日，盛世才請茅盾、張仲實赴宴，他們與總領事就按已商定的辦法行事，盛不得不當面答應他們可乘這架蘇聯飛機走。

二日，看了趙丹等演出後，作《演出了〈新疆萬歲〉以後》，後刊於《反帝戰線》第四卷第三期。

五日上午，茅盾一家和張仲實乘機離開迪化，盛世才親赴機場送行。行前幾日，趙丹和徐韜前來告別，要求茅盾他們到重慶後想辦法把他們也調出新疆；茅盾和張仲實去看望了杜重遠，他們向杜保證，要原原本本地將盛世才的真相、杜的遭遇告訴重慶的朋友，並設法盡早把他營救出去。

當天中午飛抵哈密，晚上在哈密過夜。

六日，清晨，離哈密，飛重慶。五日半夜，盛世才曾給哈密行政長劉西屏（也是延安來的）通了三次電話，第一次命令劉把茅盾和張仲實扣留起來，第二次說先不要行動，讓他再考慮考慮，第三次表示「算了，讓他們走吧！」劉西屏怕盛再反悔，一清早急忙把他們送往機場，以便當著蘇聯人的面，不便扣留他們。下午三時降落蘭州，原定次日清晨飛往重慶，但從綏遠來的傅作義一行要去重慶，佔了茅盾他們的座位，沒有成行。張仲實想去延安，動員茅盾一家也去延安，茅盾夫婦商量決定，到西安後，如交通方便，就與張同赴延安。在蘭州眈了一週，等待去西安的交通工具，仍住在南門外的中國旅行社蘭州招待所。

在蘭州期間，茅盾和張仲實為解決交通工具，特意走訪了兩人。一是生活書店蘭州分店的經理薛迪暢。薛向他們介紹了一年來蘭州的變化；有一天還請他們去看了一場話劇。另一個是西北公路局的沈局長。沈局長讓他們搭乘送青海活佛喜饒嘉錯經西安去重慶的專車。

十四日晨，茅盾一家和張仲實搭乘專車離蘭州，同車的除喜饒嘉錯一行四

人外，還有生活書店的經理薛迪暢和一名職員，以及公路局的兩個職員。西北公路局沈局長到車站送行。十九日下午抵達西安。途中經過華家嶺、六盤水、平涼和咸陽。在西安，住中國旅行社西京招待所，二十三日下午進八路軍辦事處，過一宵。

二十日下午，與張仲實到七賢莊西安八路軍辦事處，見到了周恩來和朱德。和朱德是初次見面。周恩來詳細詢問了他們離開新疆的經過，並問到了杜重遠的情況。茅盾和張仲實提出了營救杜重遠的問題。周恩來歡迎他們去延安，建議他們同剛從山西前線回來的朱總司令一道去那裡。周恩來和朱德並應他們的要求，介紹了一年來抗戰形勢的變化。

二十一日上午，茅盾一家與張仲實觀賞了西安的碑林，並瀏覽了民眾市場。

二十四日晨，茅盾一家與張仲實隨朱德的車隊離開西安，前往延安。當晚在桐川一旅店歇宿時，朱德曾來看望，漫話中侃侃而談杜甫和白居易。二十五日拜謁黃陵，並在陵前留影。茅盾接受朱總司令的建議，當場向大家介紹了黃帝的故事。朱總司令接著講話，鼓勵大家發揚民族精神，把抗戰進行到底。

二十六日，下午二時許抵達延安南郊七里舖。張聞天、陳雲前來迎接。到南門外時，受到各機關學校代表（其中包括茅盾的弟媳張琴秋）的歡迎。接著被請去參加歡迎宴會。傍晚，參加了延安各界在南門外操場上舉行的歡迎會，朱總司令講了話。

當天住進南門外交際處（窯洞）。

二十七日，張琴秋（任女子大學教育長）、張聞天來訪。晚，又參加延安各界在中央大禮堂召開的歡迎會，毛澤東也去了，魯藝演出了《黃河大合唱》。

二十八日，拜望毛澤東，談了在新疆的經歷，與趙丹等的要求（幫助他們離開新疆）。拜訪了張聞天和羅邁（即李維漢，中宣部長）。與張聞天談了三十年代上海文藝界的情形。

同日，延安文化界在文化俱樂部舉行座談會，歡迎茅盾和張仲實，會上見到了吳玉章、艾思奇、丁玲、周文等老友。大家熱烈地談論了新民主主義的具體內容和民族形式、利用舊形式等問題。

到延安後，亞男、阿桑分別進女子大學和陝北公學學習。

六月

月初，毛澤東到交際處茅盾家來訪，並送茅盾一本剛出版的《新民主主義論》。毛澤東和茅盾交談甚久，他暢談中國古典文學，發表了對《紅樓夢》的精闢見解，還詢及茅盾今後的創作打算，建議茅盾住到魯藝去。「他說：魯藝需要一面旗幟，你去當這面旗幟罷。」（茅盾：《回憶錄・延安行》）過了兩天，周揚（魯藝副院長）來請茅盾搬到魯藝去。

上旬，茅盾夫婦搬住橋兒溝東山腳下魯迅藝術學院宿舍（係兩孔窰洞，離溝口魯藝院部約一華里），直至九月底。茅盾住在魯藝期間（六月上旬至九月底）未正式擔負工作或任教，但在魯藝的籃球場上向全院師生講過一次自己的創作經驗。後來，又在魯藝文學系講了五六次課，總題目叫《中國市民文學概論》，當時寫了詳細的講稿，後來全部丟失。

十一日，作評論《關於〈新水滸〉——一部利用舊形式的長篇小說》，分別刊於《中國文化》第一卷第四期和《十日文萃》第六期。本年初，延安的《中國文化》創刊號發表了毛澤東的《新民主主義的政治與新民主主義的文化》（後改題為《新民主主義論》），第二期又登載了洛甫（張聞天）的《抗戰以來中華民族的新文化運動與今後任務》，兩文都提出了如何繼承文化的民族形式問題，引起了延安文藝界的熱烈討論。五月底六月初，茅盾拜訪吳玉章（他除任魯藝院長外，還是《中國文化》的主編）時，他邀茅盾參與發起陝甘寧邊區新文字協會，並請茅盾撰文，參加《中國文化》上關於新民主主義文化的內容與形式的討論。《新水滸》是谷斯範的一部章回體的長篇小說，他寫完第一部《太湖遊擊隊》後，將此稿寄到新疆，請茅盾提意見，當時茅盾即將離開新疆，就把它帶到延安。茅盾藉機通過對這第一部利用舊形式的長篇小說的分析，來談談自己的意見，這樣可避免空泛抽象，於是寫成此文。

十五日，作《紀念高爾基雜感》，刊於《新中華報》（十八日）。雜論《學習與創造》，刊於《新芒》第一卷第二期。

本月至十月初，茅盾在延安還每週一次參加以下三個定期的學術討論會：一是范文瀾、呂振羽組織的中國歷史問題討論會，討論的題目是中國歷史分期問題；二是艾思奇主持的哲學座談會；三是中宣部組織的報告會，由專人講解《聯共（布）黨史簡明教程》第四章斯大林寫的《辨證唯物主義

和歷史唯物主義》，地點在楊家嶺小禮堂。

七月

毛澤東邀茅盾到楊家嶺進行了一次長談，談了三十年代上海文壇的鬥爭以及抗戰以來文藝運動的發展情況。

十日，作評論《論如何學習文學的民族形式——在延安各文藝小組會上演說》，刊於《中國文化》第一卷第五期。此文根據在文化協會延安分會舉辦的群眾文藝小組會上一次講演的記錄改寫而成。文章大致反映了茅盾在魯藝文學系講的中國市民文學的基本觀點：第一部分言簡意賅地闡述了市民文學（用茅盾自己的話說，即是「代表了極大多數人民大眾的利益，表白了人民大眾的思想情感、喜怒愛憎的作品」）演變的歷史，畫龍點睛地指出了市民文學的三部傑作——《水滸》、《西遊記》和《紅樓夢》的思想成就。第二部分強調了生活的廣度，體驗生活與世界觀的關係。茅盾指出，作家要使生活範圍擴大起來，去體驗、觀察各種各樣的生活。他並指出：「一個人觀察力之如何，和他的生活經驗之如何，其間有相因相依的關係，不過，最基本的條件還在他先在思想上有了根基，即先有了進步的宇宙觀人生觀這一項武器。」這是茅盾的最早討論中國文學史的一篇文章。

八月

散文《爲了紀念魯迅的六十生辰》，刊於延安的《大眾文藝》第一卷第五期。

二十日，作評論《談水滸》，後刊於《大眾文藝》第一卷第六期。此文也是談市民文學的，是將魯藝講課中有關《水滸》部分加以充實而成。

九月

四日，爲紀念魯迅逝世四週年，作評論《關於〈吶喊〉和〈彷徨〉》，後刊於《大眾文藝》第二卷第一期。魯迅逝世後，在對魯迅前期思想發展的評論中，有一種傾向性的看法認爲，從《吶喊》到《彷徨》顯示了作者的「悲觀思想愈加濃重了」，而《彷徨》是「悲觀思想的頂點」。這篇文章專門批駁了這種觀點。

評論《關於「民族形式」的通信》，刊於《文學月報》第二卷第一、二期合刊。六日，作《舊形式、民間形式與民族形式》，刊於《中國文化》第二卷第一期。這兩文與《談水滸》都涉及民族形式的利用問題，這是三十年代後期解放區和國統區相繼開始的文藝大眾化問題討論中的一個課題。茅盾

的這些文章談了以下兩點意見：（一）如何建立中國文藝的民族形式？其一是繼承「民族文藝的優秀的傳統」，其二是借鑑「外國古典文藝以及新現實主義的偉大作品的典範」，其三是「繼續發展五四以來的優秀作風」；（二）要反對兩種傾向──首先，過分強調舊民族形式的重要，而否定五四新文藝；其次，認為新文藝不能深入群眾主要是形式有問題，與內容則無關。

下旬某天，張聞天送來周恩來從重慶打來的電報，表示為了加強國統區文化戰線的力量，希望茅盾能到重慶去工作，擔任文化工作委員會的常務委員。（郭沫若等已退出第三廳，政治部另組織了一個文化工作委員會，仍由郭主持。）他認為茅盾在國統區工作，影響作用會更大些。張聞天說，這只是我們的建議，去不去由茅盾自己決定，茅盾表示聽從分配。臨別時，茅盾還向張聞天提出了請求黨中央研究他的恢復黨籍的問題。

幾天後，又搬到交際處。張聞天來向茅盾轉達了中央書記處的意見，認為茅盾目前留在黨外，對今後的工作對人民的事業，更為有利，希望他能理解。

十月

茅盾夫婦在交際處又住了半個月。

十日，茅盾夫婦隨董老的車隊離開延安，奔赴重慶。他們把兩個孩子留在延安繼續上學，並拜託張琴秋和張仲實給予照顧。行前，茅盾曾到楊家嶺向毛澤東辭別。

在延安寫的《關於〈吶喊〉和〈彷徨〉》，刊於《大眾文藝》第二卷第一期，後改題為《論魯迅的〈吶喊〉和〈彷徨〉》，刊於一九四五年十二月《文藝春秋》第二卷第一期。

在延安時，與林伯渠、吳玉章、徐特立等十六人發表的《魯迅文化募捐緣起》，刊於《中國文化》第二卷第二期。

在延安寫的紀念魯迅逝世四週年文章《紀念魯迅先生》，刊於重慶《新華日報》（十九日）。

十一月

短文《中國青年已從十月革命認識了自己的使命》，評論《對〈談才能和天才〉一文的意見》和《一點小小的意見》，同刊於延安《大眾文藝》第二卷第二期。

《一點小小的意見》是專門爲延安的文學青年寫的關於討論「煉句」修養的短文。

月底，經過一個半月的旅途跋涉，茅盾夫婦隨董老的車隊到達重慶。這次在重慶生活了將近三個月，先住紅岩村八路軍辦事處，不久又搬居生活書店樓上。到重慶後的次日，周恩來、鄧穎超即來探望茅盾夫婦。茅盾在重慶期間除寫文章、赴會外，還編了兩期《文藝陣地》。

十二月

在延安時，與林伯渠等百餘人發表的《陝甘寧邊區新文字協會成立緣起》，刊於延安《中國文化》第二卷第四期。

一日，由生活書店搬住重慶棗子嵐埡良莊。

二日，到天官府街七號參加《戲劇春秋》社組織的討論戲劇的民族形式問題的座談會，並作《在戲劇的民族形式座談會上的講話》，後刊於《戲劇春秋》第一卷第三號。

四日，作散文《旅途見聞》，刊於《全民抗戰》第一五〇期。作散文《風景談》，後刊於《文藝陣地》第六卷第一期。該文描述了本年五月由新疆到達延安後的觀感，作者以灑脫流暢的筆觸，熱情洋溢地謳歌了陝北根據地的動人景象。

月初，在重慶進行營救杜重遠的活動，曾與沈鈞儒、鄒韜奮、郭沫若、沈志遠等人聯名致電盛世才，茅盾用文言文起草了一千多字的電文，既婉轉又嚴正地申辯杜重遠絕對不可能「通汪精衛」，要求將杜案移來重慶復審，願爲杜作保，但盛世才一週後回電說：「在新疆六大政策下沒有冤獄。」

由龔澎介紹茅盾與十幾個外國進步記者座談，茅盾談了新疆內幕，介紹了新疆一般的政治情況和種種矛盾現象，揭露了盛世才的爲人，他僞裝進步的種種手法，並談了杜重遠、趙丹等被無故關押（茅盾離新疆後幾天趙即被捕，一週後杜也入獄）的經過，因鑑於新疆當時的政治形勢，要求記者不作公開報導。

八日，參加中蘇文化協會舉行的中蘇文化人聯歡會，我方有沈鈞儒、鄒韜奮、陳銘樞、郭沫若、王昆侖、張西曼、老舍、洪深、陽翰笙以及音樂、美術、電影、戲劇各界數十人參加，蘇方參加的有對外文化協會代表，使館顧問以及塔斯社社長米海耶夫等十餘人。茅盾在會上講話，此講話稿後經較大增補，加寫一節「關於文藝的內容和形式問題」，題爲《抗戰期中國

文藝運動的發展》，在《中蘇文化》上發表。

同日晚，參加仍在中蘇文化協會由全國文協總會組織的關於小說創作的專題討論會，到會的有老舍、沙汀、葉以群、潘梓年、胡繩、胡風等，以及文學青年共六十餘人。討論題目是：小說中的人物描寫，又分成四個小題：人物的看法；現實裡面的人和作品裡面的人；從發展中看人物；人物的特徵。茅盾在會上講了話，著重談了如何觀察人物。後來整理成文，題爲《關於小說的人物》，發表在全國文協總會的會刊《抗戰文藝》上。

二十日，作雜論《糧食問題淺見》，後刊於《抗戰月刊》第三卷第四期。

二十八日，往國泰大戲院文藝演講會（郭沫若主持）講演，總結本年度抗戰文藝的發展及今後的展望。到會講演的還有老舍、洪深、馬彥祥、賀綠汀、陽翰笙等。這次講演整理成文，題爲《今後文藝界的兩件事》，在《大公報》上作爲「星期論文」發表。

冬

積極進行《文藝陣地》的復刊工作，樓適夷因事不能來渝，最後由葉以群、沙汀、宋之的、章泯、曹靖華、歐陽山和茅盾七人組成編委會，實際由葉以群具體負責（葉是周恩來派來協助茅盾工作的聯絡員），茅盾終審。至翌年一月十日出版復刊號第六卷第一期。

作《新疆雜詠》（四首），後收入一九七九年河北人民出版社出版的《茅盾詩詞》。

〔重要紀事〕

一月

陝甘寧邊區文化協會召開第一次代表大會，五百多名代表參加，吳玉章當選爲文協主任。

羅蓀編輯的《文學月刊》創刊於重慶。

三月

僞「國民政府」在南京成立，漢奸汪精衛自任代理主席。

蔡元培在香港病逝。

陝甘寧邊區文化協會主辦的《中國文化》月刊在延安創刊。毛澤東的《新民主主義的政治與新民主主義的文化》（後改題爲《新民主主義論》）發表於創刊號。

七月

日本近衛內閣提出在日本支配下的「大東亞共榮圈」的侵略口號。

八月

八路軍冀南、太行、太嶽三根據地成立統一的行政聯合辦事處，後稱晉冀魯豫邊區政府。

夏衍等編輯的雜文月刊《野草》在桂林創刊。

九月

德、日、意法西斯在柏林簽訂軍事同盟條約。

國民黨為了迫害、削弱進步文化力量，以改組政治部為名，公然撤銷第三廳。

十月

國民黨開始第二次反共高潮。

在延安舉行的魯迅逝世四週年紀念會議決定組織魯迅研究委員會，並由該會編印《魯迅研究叢刊》。

十一月

日本政府宣布承認汪精衛偽政權，並和汪精衛簽訂《日汪基本關係條約》等。

田漢主編的《戲劇春秋》創刊於桂林。

是年

八路軍開到華北解放區，演出了富有戰鬥性的歌舞、短劇、活報劇，推動了當地群眾文藝活動的開展，出現了許多農村劇團。

延安出版了曹葆華、天蘭譯，周揚校的《馬克思、恩格斯、列寧論藝術》。

陳銓、林同濟等組成戰國策派，在昆明創辦《戰國策》半月刊，又在《大公報》上編《戰國》週刊。他們把世界反法西斯戰爭說成是中國戰國時代的重演，否認反法西斯戰爭、抗日戰爭的正義性質，打出超階級的「民族文學運動」旗號，主張表現「恐怖，狂歡」。

一九四一年（辛巳）四十五歲

一月

《我的一九四一年》，刊於《新蜀報·蜀道》（一日）。

雜論《「時代錯誤」》、《一個讀者的要求》和《談「中國人眞有辦法」之類》，分別刊於重慶《大公報·戰線》（一日）、《新華日報》（十一日）和《全民抗戰》第一五五期（二十五日）。

六日，作評論《戲劇的民族形式問題》，後刊於《抗戰文藝》第七卷第二、三期合刊。

八日，作《在「作家的主觀與藝術的客觀性」座談會上的發言》，後刊於《文學月報》第三卷第一期。作評論《今後文藝界的兩件事》，刊於香港《大公報》（十九日）。評論《喜悅和希望——讀了〈中國工人〉的文學作品以後》（一九四〇年在延安時作），刊於延安《中國工人》第十一期。

十日，作《編後記》，後刊於《文藝陣地》第六卷第二期。

十二日下午，往嘉陵賓館，出席蘇聯塔斯社中國分社爲招待重慶文化界、新聞界人士舉行的茶會。到會的有沈鈞儒、郭沫若、鄒韜奮、侯外廬、章漢夫、戈寶權等。

十七日，住在同一幢樓的沈鈞儒來告知皖南事變的消息。

下旬，參加周恩來對一些民主黨派和無黨派人士的約見，聽他介紹了皖南事變的前因後果和中共中央的立場。

三十日夜，作《現實主義的道路——雜談二十年來的中國文學，爲〈新蜀報〉二十週年紀念作》，刊於《新蜀報·蜀道》（二月一日）。

二月

雜論《聽說》，刊於《新蜀報》（一、十七日）。《「家」與解放》，刊於《文藝陣地》第六卷第二期。

十六日，作散文《霧中偶記》，刊於《國訊》旬刊第二六一期。

十九日，作評論《抗戰期間中國文藝運動的發展》，後刊於《中蘇文化》第八卷第三、四期。該文是由在中蘇文化人聯歡會上的講話修改增補而成，除介紹抗戰開始後全國文藝工作開展的情況外，還進一步闡述了文藝的民族形式問題。它指出，民族形式的「正解」，「顯然是指植根於現代中國人民大眾生活，而爲中國人民大眾所熟悉所親切的藝術形式」；但民族形式「並非無條件的排斥外來形式」，它需要吸收並消化世界古典文學的優秀傳統，「批判地加以繼承」中國古典文學的優秀傳統。

作《文藝論文集》的「後記」，後附於一九四二年十二月群益出版社出版的《文藝論文集》。

下旬，「皖南事變後，國民黨反動政府加緊壓迫，文網更嚴；於是大批文化人用各種方法撤離重慶，到香港『開闢第二戰場』。」（茅盾：《〈渝桂道中口占〉補記》，一九五八年十一月）應徐冰之約，同去曾家岩四十號見周恩來，周表示，政局發生了重大變化，建議茅盾去香港。於是茅盾亦離開重慶，先到近郊的南溫泉（距城約二十公里）耽了二十多天，然後準備經桂林去香港。夫人孔德沚晚了十幾天動身。

三月

中旬，從重慶南溫泉動身，乘汽車赴桂林，一星期後抵達。途中作七絕《渝桂道中口占》一首，後收入《茅盾文集》第十卷。詩曰：「存亡關頭逆流多，森嚴文網欲如何？驅車我走天南道，萬里江山一放歌。」充分顯示了作者處逆境而泰然，對革命前途充滿信心的革命樂觀主義精神。

月底，在桂林過了一夜，第二天傍晚即飛香港。

茅盾夫婦在香港約住九個月，至一九四二年一月離開。在此期間，與葉以群、廖沫沙等五六位文化人在香港一共住過五個地方，搬了四次家：灣仔的堅尼地道半山腰的一個高級職員家，軒尼詩道的一所舞蹈學校，中環德輔道的大中華大旅館，干諾道中一家三等小旅館；西環半山上的一所住宅。

評論《關於小說中的人物》，刊於《抗戰文藝》第七卷第二、三期合刊。

散文《白楊禮贊》，刊於《文藝陣地》第六卷第三期。作者通過對西北高原白楊樹的感受，抒發了對北方農民的高貴品質的讚頌和對抗日戰爭中進行英勇鬥爭的廣大軍民的謳歌。文字暢曉、清新、精煉，富有明快的節奏和色彩，感情眞摯強烈，寓意明白而深邃，層次分明，結構緊湊，正是這篇散文的特色。

四月

與葉以群等人發起，在香港成立中國文藝通訊社，至十二月太平洋戰爭爆發始告結束。

作評論《雜談延安的戲劇》，後刊於《電影與戲劇》第三期。

四至五月，散文《如是我見我聞》十八則，連刊於香港《華商報‧燈塔》，一九四三年匯集出版時定題爲《見聞雜記》。（這是應夏衍和范長江之約而

寫的，此時他們剛到香港，創辦《華商報》。十八則散文題名、刊登時間如下：《弁言》，四月三日；《蘭州雜碎》，四月八、九、十日；《風雪華家嶺》，四月十、十一、十三日；《白楊禮讚》，四月十三、十四日；《西京插曲》，四月十四、十五、十七、十八日；《市場》，四月十八、二十日；《「戰時景氣」的寵兒──寶雞》，四月二十二、二十四日；《「拉拉車」》，四月二十二、二十四日；《秦嶺之夜》，四月二十四、二十五日；《某鎮》，四月二十七日；《「天府之國」的意義》，四月二十三日；《成都──「民族形式」的大都會》，四月二十九、五月一日；《「霧重慶」拾零》，五月一、二、四、五日；《最漂亮的生意》，五月六日；《司機生活的片斷》，五月九、十、十一日；《「如何優待征屬」》，五月十一、十二日；《貴陽巡禮》，五月十一、十二日；《旅店小景》，五月十五、十六日。）

雜論《「復活」》，刊於《華商報‧燈塔》（十一日）。

五月

雜論《大題小解之一》和《關於〈新中國研究〉》，分別刊於《野草》第二卷第三期、《大眾生活》新二號。雜論《事實勝於雄辯》、《科學與民主》、《諾言與頭顱》、《中庸之道》、《釋〈謠〉》、《談所謂「暴露」》、《「士」與「儒」之混淆》和《再談「暴露」》，先後刊於《華商報‧燈塔》（二、四、五、十、十八、十九、二十二、二十七、三十日）。

二十九日，與鄒韜奮、范長江、金仲華等九人聯名發表《我們對於國是的態度和主張》，對國民黨投降日本、摧殘進步文化予以痛斥，後刊於《大眾文萃》第二輯。

初夏

任鄒韜奮主編的《大眾生活》編委（共七人，其他有夏衍、金仲華、胡繩等）。

應鄒韜奮之約開始創作長篇小說《腐蝕》，連載於五月十七日至九月二十七日香港《大眾生活》新一期至二十期。同年十月由上海華夏書店印成單行本。《腐蝕》是茅盾的又一部革命現實主義的傑作。它以國民黨發動的第二次反共高潮和皖南事變為歷史背景，通過一個失足落水青年趙惠明參加國民黨特務活動的經歷，尖銳深刻地揭露了國民黨特務機構反動（鎮壓抗日民主進步勢力，破壞進步的學生運動）、黑暗（爾虞我詐、卑鄙荒淫、恃強凌弱）的內幕，揭穿了國民黨與汪偽勾結製造震驚中外的皖南事變的大陰

謀，控訴了國民黨特務統治對青年的摧殘和毒害，剝下了國民黨「愛國」、「抗日」的畫皮，狠狠地鞭撻了它在抗戰期間所實行的反共反人民的投降主義路線，使國統區的大後方人民加深認識國民黨的反動賣國面目，覺醒起來。小說運用日記形式，充分發揮作者所擅長的心理描寫的特點，塑造了趙惠明這樣一個極其逼真豐滿的藝術典型形象，使作品在思想性、藝術性結合上達到很高的成就。

六月

四日，作評論《高爾基與現實主義》，刊於香港《大公報》（十五日）。七日，作評論《大題小解》，後刊於《時代文學》第一卷第二號。評論《文化近事有感》、《文化上的逆流》和《紀念高爾基》，分別刊於《大眾生活》新四期、南洋《華僑建國日報》（八日）、《華商報·燈塔》（十八日）。三十日，作評論《如何加強我們的抗建文藝》，後刊於《大眾生活》新八期。

雜論《孔夫子》、《談提倡學術之類》、《偶然看到》、《再談孔夫子及其他》、《談自殺者盛妝新衣之心理》、《由「偵謊機」而建一議》、《事實是最無情的》、《青年的苦痛》和《人權運動就是加強抗戰的力量》，先後刊於《華商報·燈塔》（五、九、十三、二十、二十二、二十四、二十七、三十日）和《時代批評》第七十三、七十四期。

七月

雜論《記性之益》、《古與今》、《讀「人權運動專號」》、《偶感》、《民主·人權·反法西斯》、《釋「公務員」》、《一個妙喻》和《成見與無知》，先後刊於《華商報·燈塔》（三、六、十、十七、二十二、二十四、三十一日）。

雜論《論今日國內的復古傾向》、《更須努力進步》、《談所謂「可塑性」》、《獎勵學術之道》和《「善忘」與〈不忘〉》，分別刊於《華商報·今日論壇》（三日）、《上海週報》第四卷第二期、《大眾生活》新八、九、十一期。

八月

評論《如何縮短距離》刊於香港《青年知識》創刊號。同年九月十四日又載《新華日報》，改題為《如何欣賞文藝作品》。

四日，作《悼許地山先生》，分別刊於《星洲日報·晨星》（二十一日）、《新華日報》（九月一日）。

十九日，作散文《大地山河》，後刊於《筆談》第一期。

雜論《Ｖ字運動的「雙包案」》和《「八·一三」紀念感言》，分別刊於《大眾生活》新十二期、《華商報·燈塔》（十三日）。

九月

茅盾主編的《筆談》半月刊創刊於香港。

散文《客座雜憶》十三則，連刊於《筆談》第一至六期（九月一日至十一月十六日）。這十三則的標題是：《〈新青年〉談政治之前後》、《周、楊姻緣之一幕》、《民九以後滬報之副刊》、《陳某之春婆一夢》、《記李漢俊》、《民十前後上海戲劇界》、《蕭楚女與惲代英》、《武漢時代之民運》、《工商學聯合會時代之上海學聯會》、《湘人之幽默》、《「算盤珠」與「醬色的心」》、《所謂「小拉塞爾」者》和《「兩湖書院」之風光》。

評論《〈科學先生活捉小魔王的故事〉》和《〈劉明的苦悶〉》，同刊於《筆談》的創刊號。《研究魯迅的必要》，刊於《華商報·燈塔》（十一日）。《為了〈霧重慶的演出〉》，刊於《華商報·舞臺與銀幕》（十二日）。《如何欣賞文藝作品》，刊於《新華日報》（十四日）。《「我寫文章的經驗」──中國文藝通訊社座談會記錄》，刊於桂林《力報》（十五日）。《〈我是勞動人民的兒子〉》，刊於《筆談》第二期。

十四日，作評論《論地山的小說》；十四日，作《從「九·一八」十週年想到文學》；二十六日，作《「最理想的人性」──紀念魯迅先生逝世五週年》，分別刊於香港《大公報》「文藝綜合版」第一八七期、《光明報·雞鳴》「九一八特輯」（十八日）、《筆談》第四期。

二日，作時事綜述《兩週間》，刊於《筆談》第二期（十六日）。作短論《為什麼我們要求進步的文化》，刊於《時代批評》第四卷第七十九期。二十日，作時事綜述《兩週間》，後刊於《筆談》第三期。

時事綜述《兩週間》，雜論《寓言式之預言》、《七筆勾》、《所謂「白夜」》、《國粹與扶箕之迷信──紀念許地山先生》、《乩語》，書評《〈簡明中國通史〉》和《〈憶蘭州〉》，同時刊於《筆談》第一期。雜論《妙聯二則》、《法國革命空氣濃厚》、《納粹德國的宗教如此》、《「夥頤」》和《納粹人員之惡魔生活》，書評《〈法蘭西崩潰內幕〉》，同刊於《筆談》第二期。雜論《國際青年日》、《光復福州感言》、《統一、團結與民主》和《希特勒怎及拿破崙》，分別刊於《大眾生活》新十七、十八、二十期（六、十三、二十七日）

和《華商報・燈塔》（十九日）。

十月

四日，作時事綜述《兩週間》；二十日，作時事綜述《兩週間》，先後刊於《筆談》第四、五期。

短篇小說《某一天》，刊於《國訊》港版第一期。

散文《記「魯迅藝術文學院」》（上、下），刊於《學習》半月刊第五卷第二、四期。

十七日，作《耿譯〈兄弟們〉書後》，後刊於《上海週報》第四卷第二十四期。

雜論《科學與民主》（此文與刊於《華商報・燈塔》五月四——五日的同題，文章內容不同）和《研究、學習、並且發展他》，先後刊於《大眾生活》新二十一、二十三期。《談新疆各回教民族的文化工作》，刊於《回教文化》第一卷第一期。《蘇聯的文藝陣線》、《小市民畫像（讀書記）》和《〈生命在呼喊〉》，同刊於《筆談》第四期。書評《中國字拉丁化運動年表》和《「希特勒的傑作」》，刊於《筆談》第三期。

雜論《雙十感言》，刊於《華商報》雙十國慶三十週年紀念增刊（十一日）。

雜論《談一件歷史公案》、《挪威一店主》、《婦女運動》、《軍犬團》、《戰時英國之科學家》和《「翠盤」》，同刊於《筆談》第三期。《捷克人民的反抗精神》、《指模》、《武王侯殷》、《廷杖與黥刑》和《希特勒的「文化政策」》，同刊於《筆談》第四期。

十一月

下旬，史沫特萊前來辭行，她決定離港回美國。

十二日，寫畢評論《談技巧、生活、思想及其他》，後刊於十二月出版的上海叢刊《奔流》新集之二《橫眉》。

散文《開荒》和《一段回憶》，分別刊於《筆談》第六期、《華商報》紀念鄧演達專刊（二十八日）。

慶賀文《為祖國珍重！——祝郭沫若先生五十壽辰》，刊於《華商報》（十六日）。

書評《〈油船德賓特號〉》和《〈波蘭烽火抒情〉》，同刊於《筆談》第五期。《〈兄弟們〉（上卷）》和《〈菌兒自傳〉》，同刊於《筆談》第六期。

四日，作時事綜述《兩週間》；二十二日，作時事綜述《兩週間》，先後刊於《筆談》第六、七期。

雜論《無話以後》，刊於《大眾生活》新二十五期。《談「提高」「增加」之類》和《「人心不古」》，同刊於《大眾生活》新二十八期。《這是他們的本色》，刊於《華商報·燈塔》（二十三日）。雜論《八股之害》、《衣冠之盜》、《漂亮名詞》、《柏林人的菜單》和《吏之權威》，同刊於《筆談》第五期。《武器與人》、《軸心國的衣著》和《飢餓的希臘》，同刊於《筆談》第六期。

十六日，郭沫若五十誕辰暨創作生活二十五週年，香港文化界百餘人集會慶祝，茅盾與柳亞子、杜國庠、葉靈鳳等為主席團成員，並與柳亞子、鄒韜奮等一二七人聯名發電祝賀。

二十日，與沈鈞儒、郭沫若、柳亞子、鄒韜奮等六十八人聯名發表《中國文化界人士致蘇聯人民書》，向在反法西斯前線的蘇聯人民致敬，並表示堅決支持，刊於本日重慶《新華日報》。

十二月

香港淪陷（二十五日）後，日本文化特務和久田幸助在港報上刊登啟事，大標題上寫著：「請」鄒韜奮、茅盾「參加大東亞共榮圈的建設」，並威脅抗命者格殺勿論。他們將茅盾等抗日文化人列入黑名單，到處搜尋。

書評《〈麵包〉》、《「直入」和「刀筆」》和《〈醫師懺悔錄〉》，同刊於《筆談》第七期。評論《關於〈北京人〉》，刊於《大眾生活·新世界》；《讀〈北京人〉》，刊於香港《大公報》「《北京人》公演特輯」（九日）。

〔重要紀事〕

一月

六日，皖南事變發生。新四軍軍部及所屬部隊九千餘人奉命北移，在皖南涇縣茂林地區突遭國民黨包圍襲擊，大部壯烈犧牲，軍長葉挺被俘，副軍長項英等遇難。中共中央發言人於十八日就皖南事變發表談話，揭露蔣介石的反動暴行，接著重建新四軍軍部，任命陳毅為代理軍長，劉少奇為政委。

皖南事變後，國民黨反動派對大後方的進步文化運動壓迫日益加緊，進步文化人士紛紛由重慶、桂林等地疏散到香港。夏衍主編的《華商報》、中國民主政團機關報《光明報》等相繼創刊，韜奮主編的《大眾生活》復刊。

由陽翰笙、馮乃超等編輯的《文藝工作》在重慶創刊。

五月

中共中央機關報《解放日報》在延安創刊。

延安文化俱樂部組織延安業餘劇團，選出陳明等七人爲該團常委。

六月

二十二日，德國法西斯向蘇聯發動侵略戰爭，日本帝國主義爲配合德國在歐洲的進攻，加緊了對中國解放區、特別是華北解放區的「掃蕩」和「蠶食」，大搞「治安強化運動」。

晉察冀邊區召開第一屆文代會，成立該區文聯。

中華全國文藝界抗敵協會延安分會舉行高爾基逝世五週年紀念會。蕭三、周揚在會上作了報告。

七月

德、意承認汪精衛僞政府。

八月

全國文藝界抗敵協會延安分會召開會員大會，會議總結了分會建立以來的三年工作。

小說家、散文家許地山（落花生）病逝於香港，終年四十八歲。

九月

《解放日報》創辦《文藝》副刊，先後由丁玲和舒群主編。

延安成立青年劇院，馮文彬爲理事長，塞克任院長。

十月

中國民主政團同盟（後改名爲中國民主同盟）在香港成立，發表《成立宣言》。

延安戲劇界舉行第二次代表大會。

延安各界舉行紀念魯迅逝世五週年大會，蕭三、丁玲在會上講了話。

十一月

重慶文化界慶祝郭沫若五十誕辰暨創作生活二十五週年。《新華日報》出版《紀念郭沫若先生創作生活二十五週年特刊》。

十二月

七日，日軍偷襲美海軍基地珍珠港。八日，美、英等國對日宣戰，日本進攻香港九龍，太平洋戰爭爆發。二十五日，香港淪陷。

艾青、蕭三等發起成立延安詩會。

是年

寧波、福州、鄭州等地先後失陷。

在黨的支持下，中華劇藝社（簡稱「中藝」）在重慶成立，參加者大部分是電影創作人員。

黨領導下的進步話劇團體新中國劇社成立於桂林，初期成員有杜宣、瞿白音等。

從一月至四月，桂林的《救亡日報》、《國民公論》和重慶的《全民抗戰》等數十種報刊先後被迫停刊。據「國民黨中央圖書雜誌審查委員會」印發的材料統計，從一九三九年到一九四一年七月，被國民黨查禁的書刊達九百六十一種，其中極大部分是進步書刊。

一九四二年（壬午）四十六歲

一月

港九淪陷後，在香港、九龍的近兩千文化人，在東江遊擊隊的組織護送下，開始撤離日寇控制下的香港。九日，茅盾夫婦和葉以群、胡仲持、廖沫沙一起離開香港，前往桂林，途經廣東的惠陽、老隆。

十一日，茅盾一行逃離香港的第三天，到達東江遊擊隊總部所在地白石龍鎮，見到了東江遊擊縱隊司令員曾生和政委林平，受到盛大歡迎。十四日，茅盾向東江縱隊司令部機要科科長杜襟南提出換鞋借衣要求，為此寫了一個便條，內容如下：「我的跑鞋太小，走長路腳痛，現擬調換　雙較長的（聽說部隊中有膠底鞋），不知可否。看誰小腳些，俟抗日後，我的鞋子換下奉還。又，部隊舊用棉軍服，可否借一件穿穿（請照準上次尺寸）。茅盾」此便條一直由杜襟南夫婦保存迄今。在白石龍休息到二十日，繼續起程。從此茅盾與鄒韜奮分手，此別竟成永訣。幾天後到達離惠陽七十華里的一個名叫洲田的小村，見到東江遊擊縱隊的一個大隊長。因日軍進攻惠陽，在此整整等了半個月。在去惠陽的最後的一段路上，夜間經過一座兩丈高大

橋時，茅盾摸黑走在前面，身後的孔德沚突然掉下橋去，幸未受傷，她上岸後堅持走到了惠陽。在惠陽休息三天，舊曆正月初三，茅盾一行在東江遊擊隊安排下，乘木船沿東江逆流而上，元宵節到達老隆。次日，以「義僑」身份搭乘去曲江的軍用卡車，途經忠信，在廣東省緊急救僑委員會忠信站招待所住一夜，領到義僑證明書和十八元生活補助費。茅盾化名孫家祿，孔德沚化名孫陳氏。由曲江乘火車去桂林。關於這次脫險經過，茅盾在後來寫的《脫險雜記》、《虛驚》、《過封鎖線》、《太平凡的故事》、《歸途雜拾》等文章中都有詳盡記述。

三月

九日，茅盾夫婦抵桂林，始住旅館，半月後在市郊麗澤門外麗君路邵荃麟、宋雲彬住的一棟新蓋木樓裡擠佔了一間小房，僅容一榻一桌，而桌上「擺著油鹽醬醋的瓶瓶罐罐」（茅盾：《〈霜葉紅似二月花〉新版後記》），在這樣的環境下生活了九個月，寫了一部長篇小說、三個短篇小說，以及雜文、評論七十五篇，「合計共達五十多萬字」（林煥平：《茅盾在香港和桂林的文學成就》）。

作評論《仍是紀念而已》，後刊於《文化雜誌》第二卷第二期。

四月

二十六日，參加中國文協桂林分會在廣西藝術館召開的「保障作家權益」的座談會，並與田漢、胡風、宋雲彬、艾蕪等被推爲與出版商交涉的成員。

本月，作中篇小說《劫後拾遺》，六月由桂林學藝出版社出版。該小說生動地描述了一九四一年香港淪陷前後香港老百姓的生活情況和艱危遭遇，寫法別致，近乎特寫。一九五八年收入《茅盾文集》第五卷時作者寫了「新版後記」。

中旬，應邵荃麟之邀到中國文協桂林分會舉辦的講習班講課一次，題目爲《雜談文藝修養》，後經整理潤色，刊於《中學生》第五十五期。

五月

二十六日，作評論《有意爲之——談如何收集題材》，後刊於八月出版的「新文學連叢」之一《孟夏集》。三十一日，作評論《大題小解》，後刊於《時事新報・青光》（六月三十日、七月二、五日）。

二十五日，出席廣西省緊急救僑會在樂群社舉行的茶會，商討救僑事宜，

同時出席的還有金仲華、蔡楚生、沈志遠、葉淺予等。

六月

短篇小說《最後一次防空演習》（《劫後拾遺》之一段），刊於《野草》第四卷第三期。

作評論《談描寫的技巧——大題小解之二》，後刊於《文化雜誌》第一卷第一期。《〈大題小解〉前記》，刊於《時事新報·青光》（三十日）。評論《材料的搜集與研究》，刊於《新華日報》（五日）。《文藝節的感想》，刊於《解放日報》（七日）。

二十二日，與郭沫若、田漢、歐陽予倩等聯名發表《中國文藝界爲蘇聯抗戰週年致斯大林先生及全體蘇聯戰士書》，刊於本日重慶《新華日報》。

二十四日，作散文《雨天雜寫之一》，後刊於桂林「山水文藝叢刊」第二集《荒谷之夜》。二十五日，作《雨天雜寫之二》，後刊於桂林「藝術新叢」的《陽光》集（一九四三年七月）。二十七日，作《雨天雜寫之三》（收入《時間的記錄》時改爲「之一」），後刊於《人世間》復刊第一卷第一期。

三十日，作《雨天雜寫之四》（收入《時間的記錄》時改爲「之三」），後刊於《人世間》復刊第一卷第四期（一九四三年四月）。

三十日，偕夫人孔德沚參加中國旅行社爲《旅行雜誌》約稿招待桂林的作家和畫家的宴請。從此建立了與《旅行雜誌》的關係，一年後，在重慶被聘爲中國旅行社的顧問和《旅行雜誌》的主編。

七月

短篇小說《閃擊之一》（《劫後拾遺》的一段），刊於《文藝雜誌》第一卷第五期。

六日，作《我對〈文陣〉的意見》，後刊於《文藝陣地》第七卷第一期。其時正由葉以群負責該刊的編輯。據他回憶，該文是「我們徵求他對今後的編輯方針的意見而得到的回音，雖然七卷的幾期未能編得符合他的期望，但也可以看出，他雖不在重慶，而對《文陣》的關懷是始終不變的。」（葉以群：《〈文藝陣地〉雜憶》）

十四日，與柳亞子、歐陽予倩、宋雲彬、蔡楚生、端木蕻良等參加田漢在七星岩下主持召開的「歷史劇問題座談」。

二十五日，作《雨天雜寫之五》（收入《時間的記錄》時改爲之二），後刊

於《野草》第四卷第六期。

八月

長篇小說《霜葉紅似二月花》，第一章至第九章連載於《文藝陣地》第七卷第一至第四期。第十章至第十四章以《秋潦》爲題，連載於重慶《時事新報・青光》第一期至第二十九期（一九四三年一月至六月），連載時文前附有題解。一九四三年五月由桂林華華書店出版單行本。茅盾在《〈霜葉紅似二月花〉新版後記》中說，小說「本來打算寫從「五四」到一九二七這一時期的政治、社會和思想的大變動，想在總的方面指出這時期革命雖遭挫折，反革命雖暫時佔了上風，但革命必然取得最後勝利」，但後來「大約花了兩個半月，剛寫完第一部（即現在的這本書），而條件變化，我不能在桂林再住下去，不得不赴重慶；爲了張羅盤纏，就把這已成的部分交給一家私家出版社」。「誰知道此後人事變幻，總沒有時間續寫此書」，以至已出的這一部分未能完成原來的創作意圖。

《霜葉紅似二月花》（已完成的部分）以江南一帶小縣城爲背景，反映辛亥革命後至「五四」前夕的中國社會生活，描述了中國新興資產階級與封建勢力的鬥爭與妥協，知識份子改良主義的碰壁以及農民的遭受壓榨和迫害。

短篇小說《偷渡》（《劫後拾遺》之一段），刊於《創作月刊》第一卷第三號。

五日，作短篇小說《耶穌之死》，後刊於《文學創作》創刊號。

二十三日，作評論《「詩論」管窺》，後刊於《詩創作》第十五期。

《茅盾文集》第八卷「後記」談了《耶穌之死》和十二月刊於《創作月刊》的《參孫的復仇》分別取材於《聖經》新舊約的小說的創作經過：「淪陷在香港時，爲的要瞞過敵人（日本特務）的眼睛，身邊不帶其他的書，卻帶一部《聖經》。這部《聖經》後來一直帶到桂林。因爲，從老隆到桂林那一段路是蔣區，仍然用得到《聖經》來迷惑蔣家的特務。在桂林小住之時，熊佛西弄到了辦雜誌的許可證，辦一個叫做《當代文學》（係《文學創作》之誤——筆者）的月刊，約我寫稿。……《當代文學》創刊號總不能不給讀者一個好印象，以便打開銷路，因此就得設法迷惑檢查官的眼睛，使文中有刺而他們又無詞可藉以進行他們那『拿手戲』的削改。那時候，我接受了這樣的任務，正想不出好辦法，恰巧看到那一本從香港帶來的《聖經》，

於是就想到借用《聖經》中的故事來一點指桑罵槐的小把戲……」

九月

散文《新疆風土雜憶》，刊於《旅行雜誌》月刊第十六卷第九、十期。

六日，作評論《記溫濤木刻——香港之劫》，後刊於《野草》第五卷第二期。

十月

散文《回憶是辛酸的罷，然而只有激起我們的奮發之心》，刊於桂林的《大公報·文藝》（十日）。

評論《談「人物描寫」》和《關於研究魯迅的一點感想》，分別刊於桂林《青年文藝》第一卷第一期、《文藝陣地》第七卷第三期。前文後收入一九四六年七月福建文史出版社的《談人物描寫》。作《序獄中記——〈種子〉》，附於本月文學編譯社出版的《種子》。

雜論《歷史會證明》和短篇小說《列那和吉他》，同刊於《文學創作》第一卷第二期。

十一月

短篇小說《虛驚》，刊於《文學創作》第一卷第三期。

上旬，應畫家沈逸千之請參觀他的個人畫展，在展廳裡見到沈逸千時，他拿出水墨畫《白楊圖》請茅盾鑑賞，並請他題字，茅盾信筆題詩一首：「北方的桂樹，挺立攬斜暉。葉葉皆團結，枝枝爭上游。羞擠楠枋死，甘居榆棗儔。丹青留風格，感此倍徘徊。」以後作了些改動，題名《題白楊圖》。

評論《對逸千畫展的感想》，分別刊於衡陽《力報》（二十三日）、《陣中日報》（十二月十日）、《中山日報》（一九四三年一月十八日）。

雜論《打擊共同的敵人》，刊於桂林《大公報》（七日）。

十二月

離桂林去重慶，在重慶住嘉陵江南岸的唐家沱新村天津路一號，直到抗日戰爭勝利。

短篇小說《過封鎖線》，刊於《文藝雜誌》第二卷第一期。該篇和《虛驚》都是描寫在東江遊擊隊護送下脫險的經過。短篇小說《參孫的復仇》，刊於《文學創作》第二卷第一期。

散文《太平凡的故事》，刊於《文化雜誌》第三卷第二號。

雜論《一年回顧》，刊於《半月文萃》第一卷第八號。

三十日，下午往百齡餐廳，出席重慶戲劇電影界爲慶祝洪深五十壽辰舉行的茶會。到會的還有沈鈞儒、郭沫若、老舍、曹禺等共三百餘人。

作《祝洪深先生》，刊於《新華日報》（三十一日）。

《文藝論文集》，由重慶群益出版社出版。

是年

作舊體詩《無題》、《感懷》、《將赴重慶，贈陳此生伉儷》、《渝桂道中雜詩，寄桂友》等，後收入《茅盾文集》第十卷。

《青年與文藝》，由耕耘出版社出版。

茅盾等著《中國作家與魯迅》，由桂林學習出版社出版。

茅盾、郭沫若等著《文藝新論》，由成都莽原出版社出版，一九四三年又由上海莽原出版社出版，並列入「莽原文叢」一輯之一。

〔重要紀事〕

一月

蘇、美、英、中等二十六國在華盛頓簽訂了共同反對法西斯侵略國家的《聯合國家宣言》，這標誌著國際反法西斯統一戰線的正式形成。

陝甘寧邊區政府成立文化工作委員會，吳玉章任主任，林伯渠、周揚等爲委員。

女作家蕭紅在香港病逝，終年三十一歲。延安文藝界於五月一日舉行了追悼會。

三月

陝甘寧邊區文委決定以原抗戰劇團爲基礎，在延安成立地方藝術學校，由柯仲平兼任校長。

四月

中共中央宣傳部作出《關於在延安討論中央決定及毛澤東同志整頓三風報告的決定》，六月又發出《關於在全黨進行整頓三風學習運動的指示》。從此在全黨開展了整風運動。

西北文藝工作團離開延安下鄉宣傳，蘇一萍任團長。

五月

中共中央宣傳部在延安召開文藝座談會，毛澤東兩次到會講話，發表時題
為《在延安文藝座談會上的講話》。

國民黨中央宣傳部制定了國家總動員宣傳提綱，僅這一年內，就封閉了五
百餘種報紙。

十月

張道藩在國民黨中央文化運動委員會主辦的半月刊《文藝先鋒》創刊號上
發《我們所需要的文藝政策》一文，提出文藝要表現「民族意識」，即「忠
孝仁愛，信義和平」這「八德」。梁實秋亦步亦趨，趕忙著文宣揚「人性
論」。

十一月

羅果夫編輯的《蘇聯文藝》月刊在上海創刊。

十二月

以陝甘寧邊區為首，各解放區開展大生產運動。

中國藝術劇社成立於重慶。

是年

邵荃麟、王魯彥編輯的《文藝雜誌》，熊佛西主編的《文學創作》，分別在
桂林創辦。

一九四三年（癸未）四十七歲

一月

一日，與郭沫若、老舍、田漢、鄧初民、翦伯贊、馮乃超、夏衍等五十名
文化界著名人士聯名發表《沈衡山先生壽辰》賀詞，刊於重慶《新華日報》
（三日）。

雜論《希望二三》，刊於《新華日報》（一日）。雜論《明年展望》和《新年
感懷》，分別刊於《學習生活》第四卷第一期和《文學創作》第一卷第四期。
後文扼要記述了作者自抗戰以來五年多時間的顛沛流離的經歷，表露了對
抗戰艱苦的感慨和必定取勝的信心。

八日，作評論《談副刊——並祝〈新華日報〉發刊五週年紀念》，刊於《新
華日報》（十一日）。

二月

作散文《歸途雜拾》，後刊於《半月文萃》第二卷第三期。該文包括六則雜記，記述了一九四二年初自香港撤離後，從九龍至老隆途中的所見所聞。

三日，作評論《〈祖國在呼喚〉讀後感》，刊於《新華日報》（八日）。十二日、十七日，先後作評論《給他們什麼》和《爲了紀念不平等條約的取消——寫作方面的零碎感想》，後分別刊於《國訊》第三二八期、《抗戰文藝》第八卷第四期。評論《文藝雜談》，刊於《文藝先鋒》第二卷第二期。

二十五日，與郭沫若、沈鈞儒、黃炎培、陶行知、羅隆基、章伯鈞、史良等聯名致電印度總督林里資哥，要求「爲人道起見，望即置甘地之釋放於考慮之中」，刊於本日重慶《新華日報》。

散文集《白楊禮讚》由桂林柔草社出版，共收散文十八篇，附有茅盾寫的「自序」。該文集一九四六年五月又由上海新新出版社出版。

三月

六日，對《時事新報》同人講演，講題是《新聞記者的文學修養》，後題爲《新聞記者的文學修養——三月六日對〈時事新報〉同人演講》，刊於《半月文萃》第二卷第一期。

十日，作評論《抗戰以來文藝理論的發展——爲「文協」五週年紀念作》，刊於《抗戰文藝》紀念特刊。評論《文協五週年紀念感想》，刊重慶《大公報》（二十七日）。

十一日，作雜論《「確有其事」》，後刊於《國訊》旬刊第三三一期。《希特勒的魔術》，刊於《前鋒副鐫》第六十五期。

十八日，應文化運動委員會之邀，到中央文化會堂講演，講題爲《認識與學習》。後題爲《認識與學習——一九四三年三月十八日在中央文化會堂講》，刊於《文藝先鋒》第二卷第四期。

四月

評論《讀書偶記（二則）》，刊於《筆陣》新八期，所論及的書是孟德斯鳩的《波斯信札》和伏爾泰的《哲學信札》。

二十日，作評論《論所謂「生活的三度」》，後刊於《中原》第一卷第二期。該文精闢地提出了作家深入生活的要求：達到廣度、深度、密度，概括了這「三度」的基本含義（廣度即「見世面大」，深度即「閱世深」，密度即

「貼近人民」或「近人情」），論述了「三度」的相互關係（「密度是廣度和深度的基礎」）最後指出，具備一定的思想覺悟，是做到「三度」的基礎。

散文集《見聞雜記》由桂林文光書店出版，收入《蘭州雜碎》等十八篇，內附「後記」（作於一九四二年十一月）。

二十六日，作短篇小說《委屈》，刊於《文學創作》第二卷第三期。小說反映抗戰期間隨政府西遷的一個姓張的技術員、小廠主的太太，因一箱春衣被竊，天氣轉暖，一時沒有合適衣服替換，新的又昂貴得買不起，因此而犯愁，感委屈。小說通過對小市民日常生活的真切、生動描繪，反映戰亂造成的物價暴漲，社會治安的混亂，從而展示了普通老百姓對抗戰的態度與希冀。

五月

評論《從思想到技術》（在重慶儲匯局進修服務社的講演），刊於重慶《儲匯服務》第二十六期。十九日，作評論《關於〈脫韁的馬〉》和《序〈沒有結局的故事〉》，分別附於一九四三年十二月自強出版社出版的《脫韁的馬》和一九四四年九月自強出版社出版的《沒有結局的故事》。評論《關於〈復仇的火焰〉》，刊於《中蘇文化》第十三卷第九十期。

時論《為了紀念不平等條約的取消》，刊於《抗戰文藝》第八卷第四期。

長篇小說《霜葉紅似二月花》，由桂林華華書店出版。出版後，桂林的《自學》雜誌和《讀者俱樂部》於十月二十日聯合舉行座談會，一致肯定這部小說的鉅大成就，並聯名發電給寄居在重慶的茅盾，表示熱烈慰問和祝賀。出席座談會的有巴金、艾蕪、田漢、孟超、林煥平、周鋼鳴、黃藥眠、韓北屏、端木蕻良等。

六月

十四日，作評論《讀〈鄉下姑娘〉》，後刊於《抗戰文藝》第九卷第一、二期合刊。這是對于逢的小說《鄉下姑娘》的評介。

翻譯《亞爾方斯·肖爾的軍功》（蘇聯 E. petrov），刊於《國訊》第三三八期。《審問及其他》（蘇聯 Petrov）以及「前記」，刊於《中原》創刊號。

翻譯小說《復仇的火焰》（蘇聯巴甫林科），由重慶中蘇文協編譯委員會出版。

三十日，作短篇小說《船上》刊於《文學創作》第二卷第四期。

七月

八日，開始寫作中篇小說《走上崗位》，至一九四四年七月二十九日完稿；連載於《文藝先鋒》第三卷第二期至第五卷第六期（一九四三年八月至一九四四年十二月）。第一章發表時題作《在崗位上》，自第二章起改題爲《走上崗位》。

評論《對〈抗戰文藝〉第七年的期待》，刊於《國訊》第三四○期。

雜論《七·七感言》，刊於《現代婦女》第二卷第一期。

散文雜文集《茅盾隨筆》由桂林文人出版社出版，收入《一九四三年試筆》等八篇。

二十二日，作短篇小說《報施》，刊於文藝陣地社出版的「文陣新輯」之一：《去國》。

八月

評論《論大眾語》，刊於《新中國》復刊第一卷第八期。

雜論《暑假隨筆》，刊於《國訊》第三四三期。

九月

短評《一點零碎的意見》，刊於《新華日報·副刊》（二十日）。

十五日，譯畢《上尉什哈伏隆科夫》（蘇聯考茲夫尼可夫）並作「附記」，後刊於一九四四年三月出版的「文陣新輯」之三：《縱橫前後方》。

十月

作評論《序〈一個人的煩惱〉》，附於一九四四年重慶建國書店出版的小說《一個人的煩惱》（嚴文井作）。

作評論《「愛讀的書」》，後收入一九六一年十一月出版的《茅盾文集》第十卷。

翻譯《他的意中人》（蘇聯蘇呵來夫），刊於《文藝雜誌》第二卷第五期。

十一月

編輯「文陣新輯」之一《去國》。

翻譯《母親》（蘇聯吉洪諾夫）以及「後記」，刊於《中外春秋》第一卷第三期。

七日上午，出席蘇聯大使館爲慶祝十月革命節舉行的茶會。到會的還有董

必武、宋慶齡、沈鈞儒、郭沫若等。

與馮玉祥、邵力子、沈鈞儒、郭沫若、陶行知等聯名發表《中國文化界給蘇聯領袖和人民的信》，慶賀十月革命二十六週年，讚揚蘇聯反法西斯鬥爭的偉大勝利。

十二月

評論《雜談思想與技巧、學力與經驗》，刊於《文學修養》第二卷第二期。

《〈新綠叢輯〉旨趣》，附於自強出版社出版的《脫韁的馬》。

二十一日下午，往百齡餐廳出席陪都各界為祝賀沈鈞儒七十壽辰舉行的茶會。到會的還有董必武、于右任、邵力子、郭沫若、陶行知等。

是年

「當代文學叢書」：《耶穌之死》，由重慶作家書屋出版。

茅盾等著《戲劇的民族形式問題》，由廣西白虹書店出版。茅盾等著《散文選》，由桂林文化服務社出版。沈雁冰等著《文藝新論》，由成都莽原出版社出版。茅盾等著《小說精華》，由桂林文華書店出版。附有茅盾評論的《魯迅小說選》，由重慶新生圖書文具公司出版。

〔重要紀事〕

二月

二日，歷時六個多月的斯大林格勒保衛戰勝利結束，這次戰役是德寇潰敗的起點，也是第二次世界大戰的轉折點。

三月

中共中央與中央組織部召集延安從事文藝工作的黨員五十多人開會，貫徹《在延安文藝座談會上的講話》精神。

四月

中共中央文委和中共中央西北局先後發出指示，提出平劇（京劇）改革問題。同年九月，中共中央黨校、大眾藝術研究社集體創作了京劇《逼上梁山》。

五月

共產國際執行委員會主席團發表《關於提議解散共產國際的決定》。

六月

蔣介石發動第三次反共高潮。

郭沫若主編的《中原》月刊在重慶創刊。

七月

朱德分別致電胡宗南、蔣介石，嚴正抗議國民黨軍隊進犯陝甘寧邊區。

八月

重慶國民政府主席林森病死，由蔣介石兼代主席，至下月為正式主席。

國民黨政府在桂林封閉了《文學月報》、《音樂與藝術》等刊物。

九月

意大利政府宣布投降。

國民黨政府封閉《文藝生活》、《文藝雜誌》、《創作月刊》等雜誌。

十一月

中、美、英首腦舉行開羅會議，討論對日作戰問題，會後發表《開羅宣言》，聲稱三國必戰到日本無條件投降為止。

十二月

斯大林、羅斯福、邱吉爾舉行德黑蘭會議，共商戰勝希特勒決策。

一九四四年（甲申）四十八歲

一月

短篇小說《小圈圈裡的人物》，刊於《當代文學》第一卷第一期。

十九日，作評論《從百分之四十五說起》，後刊於《中原》第一卷第四期。

翻譯《作戰前的晚上》（蘇聯Ａ・杜甫仁科），刊於《中蘇文化》第十五卷第一期。

二月

評論《讀〈鄉下姑娘〉》，刊於《抗戰文藝》第九卷第一、二期。一日，作評論《關於〈遙遠的愛〉，後刊於《青年文藝》新一卷第一號。十四日，作評論《為〈親人們〉》，後收入七月良友圖書公司出版的《時間的記錄》。

雜論《對青年從軍運動的看法》，刊於《中外春秋》第三卷第一期。

三月

評論《怎樣選取題材》；刊於福建南平戰時文化供應社出版的《文藝寫作講話》。

十七日，作雜論《談鼠——閒談之一》，後刊於《文風雜誌》第一卷第四、五期合刊。雜論《蘇聯紅軍節祝詞》，刊於《中蘇文化》（二十五日）。

翻譯《我們落手越來越重了》（蘇聯 F・潘菲洛夫）以及「譯後記」，刊於《天下文章》第二卷第二期。

四月

《給編者的一封信》，刊於《當代文藝》第一卷第四期。

七日，為紀念老舍創作二十週年，作評論《光輝工作二十年的老舍先生》，同刊於重慶《新華日報》（十七日）和《抗戰文藝》第九卷第三、四期。同日，作評論《如何把工作做好——為「文協」六週年紀念作》，後收入七月重慶良友圖書公司出版的《時間的記錄》。評論《生活與「生活安定」》，刊於重慶《大公報・文藝》（十六日）。

五月

短篇小說《過年》，刊於《文學創作》第三卷第一期。它以生動細膩的筆觸、感人肺腑的形象，描述了大年除夕昆明某機關小職員老趙及其老婆採辦年貨的情形，為我們展現了一幅大後方底層平民清貧潦倒的生活圖景。

十二日、二十四日，先後作雜論《「無關」與「忘了」》和《東條的「神符」》，分別刊於《微波》第一卷第一期，收入七月重慶良友圖書公司出版的《時間的記錄》。

十二日，作《致友人信》，後刊於《文學創作》第三卷第二期。

十九日，作《序〈沒有結局的故事〉》，收入九月重慶自強出版社出版的《沒有結局的故事》。

六月

雜論《幻想與現實》，刊於重慶《時事新報・文林》（二十七日）。

七月

八日，與沈鈞儒、郭沫若、鄧初民等聯合致電廣西黨政軍學文化各界，表示響應桂林文化界關於保衛西南的呼籲，刊於同日重慶《新華日報》。

雜論《時間，換取了什麼？》，刊於《新華日報》（八日）。十九日，作雜論

《談排隊靜候之類》，後刊於《抗戰文藝》第十卷第一期。

翻譯《晚上》（蘇聯格羅斯曼）以及「附記」，刊於《時與潮文藝》第三卷第五期。

九月

評論《雜談文藝現象》，刊於《青年文藝》新一卷第二期。該文針對抗戰以來文藝創作的情況和存在的問題，強調指出文藝要堅持現實主義，技巧不能脫離思想、生活，並明確提出「文藝必須服務於最大多數人的利益，服務於民族的自由解放」。

十八日，作散文《永遠年輕的韜奮先生》，刊於重慶《新民報》（三十日）。民主戰士鄒韜奮於七月二十四日在上海逝世，此文爲紀念他而作。

二十七日，作評論《什麼是基本的》，刊於《突兀文藝》第二期。

十月

散文《回憶之類》，刊於重慶《時事新報・青光》（十日）。

翻譯《新生命的降生》（蘇聯吉洪諾夫）以及「附記」，刊於《青年文藝》新一卷第三期。

十四日，與沈鈞儒、郭沫若、老舍等一百五十人，代表中國文化界聯名致電蘇聯科學院院長柯馬洛夫，祝賀他七十五壽辰。賀電刊於重慶《新華日報》（十五日）。

十九日，重慶文化界爲紀念魯迅逝世八週年舉行茶會，與沈鈞儒等到會並講話。

十一月

作評論《民族文化的大危機——如何擊退頹風開展文化的新運》（後收入《茅盾文集》第十卷時，改題爲《如何擊退頹風》），後刊於《文萃》第一卷第二期，轉載自昆明《評論報》。該文繼《雜談文藝現象》之後，再次批評了社會上低級趣味作品「風行」的現象，並著重就歌頌與暴露的問題，提出了全面反映現實、反對對題材的限制問題。

一日，作雜論《放棄成見》，刊於《新華日報》（七日）。

作七絕《戲筆》，初收入《茅盾文集》第十卷。此係自唐家沱赴重慶的航途中吟就。

十二月

評論《把文藝空氣普及起來罷》，刊於《文學新報》創刊號。

雜論《聞笑有感》，刊於《青年文藝》新一卷第五期。

是年

為譯文集《現代翻譯小說選》寫「緒言」:《近年來介紹的外國文學》，該書由文通書局出版。

〔重要紀事〕

一月

熊佛西主編的《當代文藝》月刊在桂林創刊。

桂林的《野草》、《戲劇生活》等被國民黨政府查封。

二月

中國共產黨領導下的戲劇界在廣西桂林舉行西南第一屆戲劇展覽會。這是抗戰時期進步戲劇界一次大規模的集會，歷時九十天，有三十三個戲劇團參加。

三月

本月起，日侵略軍對正面戰場發動了新的進攻，國民黨軍隊聞風潰逃，八個月中，日軍佔領了河南、湖南、廣西、廣東、福建的大部分和貴州的一部分。國統區內人民的民主鬥爭方興未艾，紛紛要求改組國民政府。

四月

日軍佔領鄭州。

六月

日軍侵入長沙。

歐洲開闢第二戰場。

七月

民主戰士鄒韜奮在上海病逝。

九月

十五日，中共代表林伯渠在重慶舉行的國民參政會上提出廢除國民黨一黨專政，召開各黨派會議，成立民主聯合政府的主張。這個主張在廣大人民

群眾和各民主黨派中引起了強烈的反響。

二十四日，重慶各界愛國民主人士和各黨派代表董必武、張瀾、沈鈞儒、馮玉祥等五百餘人集會，要求組國民政府、成立聯合政府。

十一月

漢奸汪精衛病死於日本，由陳公博代理僞政府主席。

桂林、南寧等地相繼失陷。

一九四五年（乙酉）四十九歲

一月

十日，作評論《對於文壇的一種風氣的看法——談長篇小說需要之多及其寫作》，後刊於《青年文藝》新一卷第六期。二十一日，作《對於文壇的又一風氣的看法——談短篇小說之不短及其他》，後刊於《抗戰文藝》第十卷第二、三期合刊。該兩文分別論及當時長篇、短篇小說創作和出版中存在的問題。

散文《舊書舖》，刊於《旅行雜誌》第十九卷第一期。

雜論《拿出力量來》和《「驕」與「餒」》，分別刊於《文學新報》第一卷第三期、《希望》第一卷第一期。

三月

短篇小說《一個夠程度的人》，刊於《時與潮文藝》第五卷第一期。這是一篇諷刺性小說，全文一萬餘字，通過抗戰期間搶佔乘船座位的具體描述，嘲諷了一個有點權勢、說話漂亮、行爲卑劣、欺軟怕硬的小人物——「非凡的人物」。當乘客談及國統區交通中發生的醜惡現象時，他極力爲之辯解，責怪「老百姓程度不夠」、「不知道守法」，「卻去鑽頭覓縫走黑市」，而他自己，則在這「擁擠得旋不轉身」的船艙裡，卻獨霸一方，橫臥在一條能坐數人的長凳上。小說在人物的刻畫、場面的描繪、氛圍的烘托、語言的運用上，都有獨到精湛之處。

散文《馬達的故事》，刊於《藝文誌》第二期。

短篇小說集《委屈》由重慶建國書店出版，收入《委屈》、《報施》、《船上》、《小圈圈裡的人物》和《過年》等五篇。

作評論《近年來介紹的外國文學——國際反法西斯文學的輪廓》和《讀書雜記》，後同刊於《文哨》第一卷第一期。前一文的「附記」說，「這原是爲《現代翻譯小說選》所寫的一篇序文，本來還有最後一段論到所選各文的，現在略。」後一文也附「前記」。

四月

一日，與張發奎、柳亞子、沈鈞儒等五十人發起爲沈振黃募集子女教育基金。沈乃青年畫家，不幸於一九四四年十一月間死於亂難中。

長篇小說《第一階段的故事》由重慶亞洲圖書社出版。茅盾在「後記」（作於一月）中談了該書出版的經過和在校勘全稿過程中所產生的「感觸」：自創作該小說以來的六七年中，個人沒有能寫出「比這像樣些的東西」，在國家方面，書中所提到的若干問題迄無解決，現在的情況與上海戰爭時的民氣相較，「有不勝今昔之感」；同時懷念、回憶起了至今蟄居在敵戰區上海的朋友，當年在香港「從事文化運動的新知舊交」，含冤謝世的杜重遠和身陷囹圄的薩空了（薩一九四四年在桂林爲國民黨所捕，後來押至重慶，囚在市郊一集中營裡，被強迫做苦工，不許親友探視），不禁悲憤交加。

十四日起，話劇《清明前後》，連載於重慶《大公晚報·小公園》，至十月一日止（並非逐日登載）。該劇共五幕，前兩幕寫成於日本投降（八月十四日）之前，後三幕脫稿於日本投降之後。日本投降消息傳出後，作者曾產生猶豫，覺得劇本的題材是否有點過時，技術上也有問題，但繼而一想，「公然賣國殃民的文字還在大量生產呢，我何必客氣而不在這烏煙瘴氣中喊幾聲？」終於鼓起勇氣把五幕寫完，十一月由重慶開明書店出版。《清明前後》是茅盾的唯一的一個劇本，它以當時在重慶發生的轟動一時的國民黨的「黃金案」醜聞爲直接背景，通過民族資本家林永清在國民黨官僚資本的壓迫下掙扎、覺醒過程，以及小職員李維勤購買黃金受害的遭遇，深刻尖銳地揭露了抗戰勝利前後國民黨統治區的腐敗和黑暗。這個劇作曾被何其芳譽爲「力作」。茅盾在《清明前後·後記》（見《茅盾文集》第六卷）中說，他寫這個劇本，是在「使槍使了這許多年」之後第一次「學著使一回刀」。劇本在技巧上存在劇情不夠緊湊、人物缺乏動作、對話欠精煉等缺點，在上演前有人還擔心演出是否會成功。然而演出後受到群眾的熱烈歡迎，「超過了八年來重慶演過的任何一個劇本。」劇作者的感情和

吼聲,「深印在每一個人的心頭。他號召了人民對殘酷的國民黨迫害走向更有組織的反抗,他的威力嚇得國民黨的大小官員們只是發抖。」這個劇的上演,說明:「只有眞實的反映和指導了現實的作品,它的藝術價值才會最大。」(宋之的:《〈清明前後〉演出前後》,香港《華商報》,一九四九年一月二十三日)與此同時,國民黨迫不及待地通過電臺污衊它有「毒素」,稍後乾脆勒令禁演。

六月,於重慶郊外作評論《窒息下的呻吟——序甘永柏的小說〈暗流〉》,刊於上海《文匯報‧世紀風》(五月二十四、二十五日)。十二日,作評論《關於〈人民是不朽的〉》,後刊於中蘇文協六月出版的《人民是不朽的》。十四日,作評論《個性問題與天才問題——答覆「想搞文學」的青年的第一個問題》,後刊於《中學生》復刊號第八十八期。十九日,作評論《五十年代是「人民的世紀」——紀念文協七週年暨第一屆「五四」文藝節》,刊於《抗戰文藝》之「文協七週年特刊」、上海《文匯報》(五月四日)和《新世紀》第一卷第一期。該文提出了中國現實主義文藝的科學精神和現實主義文藝的民主精神這樣的論斷。同日還於唐家沱作評論《讀丁聰的〈阿Q正傳〉故事畫》,後收入六月出版的《點滴集》。評論《序〈純眞的愛〉》,刊於《突兀文藝》第四期,後收入八月出版的《純眞的愛》。

翻譯《劊子手的卑劣》(蘇聯Ａ‧托爾斯泰),刊於昆明《掃蕩報》(十九日),同刊於《中蘇文化》第十六卷第四期特刊。

五月

四日,與邵力子、郭沫若、老舍等在中華全國文藝界抗敵協會第七屆年會上被選爲在渝理事。

評論《文藝節的感想》,刊於重慶《大公報》(四日),亦見於《天下文章》第二卷第五、六期。評論《我們的方向——在《文哨》編輯部座談會上的發言》刊於《文哨》第一卷第一期。二十一日,作散文《森林中的紳士》,刊於《新文學》創刊號,後有「附記」(作於十二月十四日)。二十三日,作評論《寫下第一篇作品以前的高爾基》,後刊於《文學新報》第二卷第一期。二十六日,作評論《如何辨別作品的好壞——答覆「想搞文學」的青年的第二個問題》,後刊於《中學生》復刊第九十一期。

雜論《略論祀灶》和《無常》,同刊於《希望》第一集第二期。

六月

與葉以群等發起的中外文藝聯絡社成立於重慶。一九四一年十二月香港陷落後，大批作家轉移到後方，一九四四年湘桂撤退後，作家更集中於重慶；同時，「在廣泛的民主運動中又產生了不少的期刊」（以群：《我來介紹「文藝社」》）。該社是爲適應這種形勢，仿效香港的中國文藝通訊社（解散於一九四一年十二月）而成立的。

八日下午，與柳亞子、侯外廬、馬寅初、史東山等出席中蘇文協、全國劇協爲郭沫若訪蘇舉行的歡送大會，並在會上致詞。

月初，端陽節作《回顧》，刊於重慶《新華日報》（二十四日）。文章簡略地回顧了自己五十年的生活經歷和二十多年的寫作體驗，認爲需要不斷深入生活、擴大生活面，只有這樣才能擴大視野，提高認識，決不能「即此自滿」、「到此止步」。他形象地比喻說：「人生如大海，出海愈遠，然後愈感到其浩渺無邊。」同時還回顧總結了自己寫作的具體體會，這些重要的經驗教訓，既是作者的自勉，也是對大家的啓示。

二十四日，爲熱烈紀念茅盾五十壽辰（係按虛歲計算）和創作二十五週年，重慶文藝界七八百人舉行慶祝茶會。重慶《新華日報》二十三日頭版半頁刊登祝壽廣告，二十四日特發社論、消息和王若飛的文章，在二十四至三十日的副刊上全是紀念文章。《抗戰文藝》第十卷第四、五期合刊刊出「茅盾先生五十歲及創作二十五年紀念特輯」，其中收有茅盾自己所寫的《回顧》一文和老舍、葉聖陶、朱自清、黃芸岡、邵荃麟、陳白塵、柳亞子等人撰寫的紀念文章。這兩期《抗戰文藝》合刊編好後因故未能出版，但大部分文章已在《新華日報》上發表了，一部分發表在十月出版的《文哨》第一卷第三期上。

散文《永恆的紀念與景仰》，刊於《抗戰文藝》第十卷第二、三期，後又刊於《文萃》第三期（十一月）。

翻譯《流浪生涯——高爾基生活之一頁》（蘇聯Ａ・羅斯金），刊於《新華日報》（十八日）。這是與戈寶權等合譯的傳記小說《高爾基》的一部分。該小說本月由昆明北門出版社、上海新中國書店同時出版。

七月

《悼念胡愈之兄》，刊於《中學生》復刊第八十九期。作者附註說，這是「訛傳愈之不幸時寫的，現在既知愈之兄幸慶健在，自當刪去。」紀念鄒韜奮

和杜重遠的兩文《在人民的求自由解放的浪潮中，您永遠的活著！》、《光明磊落、熱情直爽的杜重遠先生》（作於二十日），同刊於重慶《新華日報》（二十四日）。《雜感二題》——《丑角》（作於五月十九日）和《又一副嘴臉》（作於十四日），刊於重慶《新華日報》（二十九日）。

七日，寫畢散文《記Ｙ君》，收入一九四六年一月《我的良友》上集（Ｙ君係指惲代英）。散文《不能忘記的一面之識》，收入本月重慶良友復興圖書印刷公司出版的《時間的記錄》。又作《〈時間的記錄〉後記》，收入一九四六年十一月大地書屋出版的《時間的記錄》。

散文集《時間的記錄》由良友復興圖書印刷公司出版，共收二十九篇，除《風景談》外，都是一九四二年初從香港回到大後方兩年半時間內所作。該書出版後剛開始銷售，存書及紙型即遭火災，付之一炬。後到一九四六年十一月復由上海大地書屋出版，抽去四篇，增加七篇。作者在本書「後記」中聯繫世界反法西斯民主潮流的迅猛發展，對國民黨在國內實行文化專制、壓制民主的反動政策流露了極大的憤懣。

翻譯《蘋果樹》（蘇聯Ｎ·吉洪諾夫）以及《譯者附言》，同刊於《文哨》第一卷第二期和《文藝春秋》第三卷第二期。與他人合譯的《做一個怎樣人？——高爾基傳記小說之一節》（蘇聯羅斯金），刊於《新華日報》（十一日）。

八月

評論《幾個初步的問題》，刊於《文學》月刊革新號。二十九日，作評論《讀宋霖的小說〈灘〉》，後刊於重慶《大公報·文藝副刊》（九月十六日）。（宋霖是胡子嬰的筆名，《灘》是她的處女作。《灘》的創作，凝結著茅盾的巨大心血。一九四五年上半年在書的創作過程中，除他與作者長談三次，面提意見外，還對最後一稿寫了數十張紙的詳細意見，在定稿時又幫助作了部分修改，並介紹給開明書店出版。）

雜論《為民營出版業呼籲》，刊於重慶《大公報》（十二日）。

茅盾等著《名作家選集》，由南京讀書出版社出版。

是年

翻譯小說《人民是不朽的》（蘇聯格羅斯曼），由晉冀魯豫軍區政治部出版。

〔重要紀事〕

一月

周恩來再度飛渝與國民黨談判。

胡風主編的雜誌《希望》出版，第一期發表了舒蕪的《論主觀》和胡風的《置身在為民主的鬥爭裡》兩篇論述主觀戰鬥精神的文章。不久，何其芳、劉白羽等根據周恩來和中共中央宣傳部的指示，在重慶召開座談會，對胡風等人的文藝思想進行了批評。一九四八年，在香港的邵荃麟、胡繩等以《大眾文藝叢刊》為陣地，對胡風等的文藝觀點繼續展開了批評。

二月

斯大林、羅斯福、邱吉爾於克里米亞半島上的雅爾塔舉行會議，討論了徹底擊敗德國和蘇聯參加對日作戰問題。

國統區文代界三百餘人在重慶《新華日報》發表《文化界時局進言》，要求結束國民黨獨裁統治，實行民主，團結抗日。

三月

國統區文化界聯名發表時局進言後，國民黨反動政府下令強迫解散郭沫若主持的文化工作委員會。

四至六月

中國共產黨第七次代表大會在延安舉行。大會制定了黨的政治路線，通過了新黨章，規定以馬列主義與中國革命實踐相統一的思想——毛澤東思想，作為黨的一切工作的指針。大會以團結的大會、勝利的大會載入史冊。七大為民主革命在全國勝利奠定了基礎。

四月二十五日，由蘇，美，中，英四國邀請召開的聯合國大會在美國舊金山開幕。中共中央委員董必武代表中國解放區參加聯合國大會。

五月

蘇軍佔領柏林，八月，德國無條件投降，歐戰結束。

葉以群主編的《文哨》創刊於重慶。

八月

八日，蘇聯對日宣戰；十五日，日本宣布無條件投降。

二十八日，毛澤東、周恩來、王若飛抵重慶，準備與國民黨談判停戰問題。

六、解放戰爭

（1945 年 9 月～1949 年 9 月）

一九四五年（乙酉）四十九歲

九月

女兒沈霞因生產時發生醫療事故而歿於延安。

雜論《在「建設東北之路」座談會上的發言》，刊於《反攻》第十七卷第五期。《狼》，刊於《文藝雜誌》新一卷第三號，本文前一半作於四月底；後半係五月後續成。

《文藝往來》（與穆木天、鄭伯奇通信），刊於《秦風·工商日報》聯合版《每週文藝》第二十期。

十月

十一日上午，與張瀾、郭沫若等百餘人前往機場歡送毛澤東、王若飛返回延安。

《「柳詩」、「尹畫」讀後獻詞》，刊於重慶《新華日報·新華副刊》（二十五日）。《〈清明前後〉後記》，刊於延安《解放日報》（三十日，作於中秋節）。

雜論《「立此存照」》，刊於《民主》第三期，《「暹羅」的友善姿態》和《關於「原子彈」》，先後刊於《建國日報·春風》（二十二、二十三日）。

十一月

散文《悼六逸》，刊於《聯合畫報》第一五五、一五六期合刊。

創作談《我怎樣寫〈春蠶〉》，同刊於《青年知識》第一卷第三期和《文萃》第八期。

十二月

編選《抗戰八年小說集》選目，後由趙家璧收入《話說〈新文學大系〉附錄》，見《新文學史料》一九八四年第一期。

七日，與郭沫若、巴金等十八人聯名致電昆明各校罷課聯合會以及全體師生，表示對「一二‧一」慘案傷亡者的慰問和哀悼。電文刊於重慶《新華日報》（八日）。同日作雜論《爲「一二‧一」慘案作》，刊於《新華日報》（九日），亦見於延安《解放日報》（二十三日）。

十日，作評論《現在我們要開始檢討——八年來文藝工作的成果及傾向》（收入《茅盾文集》第十卷時改題爲《八年來文藝工作的成果及傾向》），刊於成都《華西晚報》（三十一日）。該文在簡略回顧了抗戰以來的軍事政治形勢後，著重分析了進步文藝界的現狀和問題：「武漢撤退以前，我們的文藝作品歌頌了人民的英勇，但是沒有喊出人民的民主要求，因而不能視爲盡了應盡的職；⋯⋯武漢撤退以後的抗戰文藝即使能夠更多地暴露政治上社會上的黑暗（這是事實上沒有做到的），但若不能充分反映人民大眾的民主要求，則依然不能不被認爲回避現實與立場動搖。」在此基礎上，文章提出今後一個較長時期文藝的中心任務是「配合廣大人民的迫切的民主要求」。《談歌頌光明》，刊於《自由導報》第六期，亦見於《文聯》第一卷第二期。評論《門外漢的感想——參觀延安木刻展覽會》，刊於重慶《新華日報‧新華副刊》（三十一日）。三十一日，作評論《看了汪刃鋒的作品展》，後刊於重慶《新華日報》（一九四六年一月三日）。

二十六日，作雜論《要眞民主才能解決問題》，後刊於《新華日報》（一九四六年一月一日。）

短篇小說集《耶穌之死》由上海作家書屋出版，收入《耶穌之死》、《列那和吉地》、《虛驚》、《過封鎖線》和《參孫的復仇》等五篇。

冬

在重慶作六言古詩《無題》。

〔重要紀事〕

九月

二日，日本政府簽字投降，儀式於停泊在東京灣內的美國軍艦密蘇里號上舉行；九日，又在南京「中國戰區」舉行投降儀式，簽了降書，八年抗戰勝利結束。

中華全國文藝界抗敵協會在重慶《新華日報》上發表了《為慶祝勝利告國人書》。

唐弢、柯靈編的《週報》創刊。

著名作家郁達夫被日本憲兵殺害於蘇門答臘，終年四十九歲。

十月

國共會談結果簽訂《政府與中共代表會談紀要》（即「雙十協定」）。

中華全國文藝界抗敵協會改名為中華全國文藝界協會（簡稱「文協」）。並在重慶舉行會員聯歡晚會，由老舍主持，周恩來應邀出席講話。

人民音樂家洗星海病逝於莫斯科，終年四十歲。

十一月

蔣介石在重慶舉行軍事會議，決定對解放區的全盤作戰計劃。美軍艦運送蔣軍在秦皇島登陸。重慶文化界、工商界成立「重慶各界人民反內戰聯合會」。

十二月

一日，昆明西南聯合大學、雲南大學等大學的學生集會，反對內戰，反對美國干涉中國內政，國民黨派大批軍警特務鎮壓，造成「一二‧一」慘案。

中華全國文藝界協會延安分會召集盛大座談會，聲援國民黨區文藝界，爭取和平民主自由運動。

一九四六年（丙戌）五十歲

一月

與郭沫若等十七人發表《中國作家致美國作家書》。「一二‧一」昆明慘案後，曾與郭沫若等二十六人發表《重慶文化界慰唁昆明教授學生電》，對國民黨的血腥暴行表示憤怒抗議，對受害的教授學生表示弔唁。這兩則書

信、電文同時發表於《中原、文藝雜誌、希望、文哨》聯合特刊第一卷第一期。

重慶文藝界茅盾、巴金等發表《陪都文藝界致政治協商會議各委員書》，要求「結束一黨專政，制定和平建國綱領」，「廢止文化統治政策」，後刊於《抗戰文藝》第十卷第六期。

茅盾主編的《文聯》半月刊在上海創刊，由永祥印書館出版。後出至第一卷第七期，被迫停刊。

作《〈文聯〉發刊詞》，刊於《文聯》第一卷第一期。

評論《論大眾語》，刊於《文選》第一卷第一期。

五日，作散文《憶冼星海先生》（收入《茅盾文集》第十卷時改題爲《憶冼星海》），刊於《新文學》第二號。散文《新年雜感》，刊於《民主生活》創刊號。《生活之一頁》連載於《新民晚報》（十八日至二月二十七日）。

六日，作雜論《寫於政治協商會議的前夕》，刊於《中原‧文藝雜誌‧希望‧文哨》聯合特刊第一卷第二期。

十五日，致函胡愈之，後刊於《風下》週刊第十六期。

二十一日，寫完評論《也是漫談而已》，刊於《文聯》第一卷第四期。該文後刊於《中原‧文藝雜誌‧希望‧文哨》聯合特刊第一卷第三期時改題爲《仍是漫談而已》。該文針對馮雪峰當時發表在「聯合特刊」的《論民主革命的文藝運動》長文（共六萬餘字），在從「五四」到左聯時期文藝運動的分期、思想鬥爭、統一戰線和大眾化等問題上發表了不同意見。

二月

特寫式小說《閃擊之下——〈劫後拾遺〉中之一段》，刊於《文選》第二期。

評論《「文藝復興」》，刊於《眞話》第四期。

雜論《和平、民主、建國》，刊於《眞話》第一期。

三月

十三日，與郭沫若、沈鈞儒、陶行知、田漢等致電西安《秦風日報》、《工商日報》，爲該兩報於月初被國民黨特務搗毀感到「不勝痛憤」，並望「再接再厲，共同爭取民主自由之實現」。刊於《新華日報》（十九日）。

十六日，由重慶抵廣州，準備取道香港回上海。

二十四日，文協港粵分會、劇聯和文藝作家協會廣東分會等三個文藝團體，在民眾會堂聯合舉行歡迎會，茅盾在會上作了《和平·民主·建設階段的文藝工作》的演說，與會者一千五百多人，會場容納不下（只能容納八百多人），許多人便擠在門外聽講。此演說稿後題爲《和平·民主·建設階段的文藝工作——在廣州三個文藝團體歡迎會上的講演》，刊於《文藝生活》新四期，亦見於「聯合特刊」第一卷第六期。

二十九日，應中山大學文、法兩院邀請，到中大演說。那天雖是星期日，但到會者仍有兩千。演講題爲《民主運動與文藝運動》，後刊於《風下》第二十期，注明「茅盾講，李青莎記」。

接著，廣州雜誌聯誼會又在新都餐館召開文化界歡迎會，茅盾也作了演說，號召文化新聞界爭取言論出版自由的合法權利；指出，在當時，文藝界要實行民主統一戰線，「凡是贊成民主的，都可以合作，只有反動派、法西斯份子，我們才反對」；還要堅持兩條路線的鬥爭，「要反對『左』的關門主義、宗派主義，也要反對右傾的無原則的和人家統一，而不鬥爭」；今後文藝發展的方向，「主要的還是大眾文化工作，要使文藝眞正能爲人民了解和接受」。

四月

評論《談歌頌光明》，刊於《新文學》第三期。該文對國民黨的「只許歌頌，不許暴露」的政策再度作了抨擊。它經作者訂正，與一九四五年十二月登在《自由導報》第六期上的同名文章相較，略有變動。

八日，在廣州青年會講演《人民的文藝》，分別刊於《華商報》（十七日）和《新文藝》創刊號。

十三日，由廣州去香港。

十六日，在香港文化界歡迎晚會上講演《人民的文藝》（與八日的講演同題，內容有別，黃新波記錄），刊於《華商報》（十七日）。

十八日，與張瀾、沈鈞儒、郭沫若、巴金等七十五人，聯名致電美國國會爭取和平委員會，表示贊同該委員會關於和平的主張，電文刊於當天《新華日報》。同日，在香港文化界舉行的公宴席上作《現階段文化運動諸問題》的講演，談了國內民主運動和文化運動的形勢，指出了文化界當前面臨的工作：「比起反民主那方面來，民主的進步的文化陣營的力量和對人

民的影響自然是較爲強大的，但在全國範圍來說，在人民全體的比例上來說，民主的進步的文化陣營還是人手不夠，還是顧此失彼，若干工作還是不免於敷衍潦草」，所以「必須培養實力，增強主觀力量」。該演講刊於《華商報》（十九日），題爲《現階段文化運動諸問題——在香港文化界公宴席上的講話》。

十九日，應邀在香港華僑工商學院作《文藝修養》的講演，後刊於六月出版的「文藝修養叢刊」之一《文藝修養》。

在香港嶺英中學、華僑學院的演講《關於寫作》，刊於《願望》第十六期。

評論《爲詩人們打氣》，刊於《中國詩壇》光復版第三期。

散文《悼征軍》，刊於《文藝新聞》第五號。

雜論《從「自由」說起》，刊於《自由世界》第一卷第十二期。《半月雜感》，刊於《生活週報》創刊號。

翻譯《團的兒子》（蘇聯卡太耶夫）本月起在漢口《大剛報》連載。《團的兒子》和《俄羅斯問題》、《人民是不朽的》是在重慶時應曹靖華之約翻譯的，當時曹正在中蘇文化協會編「蘇聯抗戰文藝叢書」，上述三部即是叢書的一部分。

通信《致××》，刊於《消息半週刊》第一期。

五月

在國民黨統治區的社會上曾出現過一股否定五四運動的偉大意義的逆流，韓北屏爲此走訪茅盾，請茅盾談了五四運動的意義。韓北屏據此寫了《茅盾先生談「五四」》的訪問記，發表於《文萃》第二十八期。

雜論《「五四」與新民主運動》，刊於《華商報》（四日）。《關於廣州「五四」暴行》，刊於《華商報》（十日）。《雜感》，刊於《生活週報》第二期。

《「茅盾先生來簡」》，刊於漢口《大剛報》（十三日）。《答記者問》，刊於上海《文匯報》（二十八日）。

六月

月初，離香港回上海，住北四川路大陸新村。

四日，上午，往辣斐大劇院參加文協上海分會和詩歌音樂工作者協會上海分會舉行的詩人節文藝欣賞會，並講了話，刊於重慶《新華日報》（八日）。晚與郭沫若、巴金、馮雪峰、馬思聰、許廣平等文協同人在金城銀行聚餐，

同時爲柳亞子補慶六十壽辰。

九日，到上海小學教聯晨會講演，題爲《認識現實——六月九日在小教聯晨會演詞》，刊於上海《文匯報》（十～十二日）。

十九日，下午七時在上海「蘇聯呼聲」電臺播講《高爾基和中國文學》。

評論《人民的文藝——在香港文化界歡迎晚會上的演講》，刊於《魯迅文藝》第一卷第三期。《獻給詩人節》（與《爲詩人們打氣》內容相同）以及「前記」，刊於上海《文匯報》（四日）。《新民主運動與新文化》，刊於《文聯》第一卷第七期。《高爾基和中國文壇——紀念高爾基逝世十週年》，刊於《時代》週刊第六年第二十三期（亦見於《新華日報》二十一日和《華商報》二十四日）。《高爾基與現實主義》，刊於《聯合日報》晚刊（十八日）。二十四日，作《題贈〈文藝青年〉半月刊》，刊於《文藝青年》第九期。

政論《十五天後能和平嗎？》，刊於《週報》第四十一期。《美國的對華政策》，刊於《民主》第三十五期。《「警管區制」座談會上的發言》（莫明記錄），刊於《析世紀》第一期。《下關暴行與人民最後的期望》，刊於上海《文匯報》（二十九日）。

《致范泉信》，刊於《文藝春秋》第三卷第一期。

七月

評論《中學生怎樣學習文藝》（講演，湖深記錄），刊於上海《文匯報·文化街》（一、二日）。《戲劇與小說——在上海劇校講》（陳默記錄），刊於上海《大公報·戲劇與電影》（三日）。

雜論《讀報偶感》，刊於上海《文匯報》（二日）（亦見於延安《解放日報》十七日）。十八日，作雜論《對死者的安慰和紀念》，刊於《民主》第四十期，亦見於重慶《新華日報》（二十八日）。雜論《久長的紀念》和《四天之內》，分別刊於《風下》第三十三期、《華商報》（二十五日）。政論《萬一再拖呢，只好拖向和》，刊於《民主》第三十八期。《迎勝利後的第一個「七·七」》，刊於上海《文匯報》（七日）。《答〈民言〉問國共前途怎樣？》，刊於《民言》第二期。八日，作《請問這就是「反美」嗎？》，刊於《週報》第四十五期。《從原子彈演習說起》，刊於《華商報》（十五日）。

作《〈時間的記錄〉後記之後記》，附於十一月大地書屋出版的《時間的記錄》。

翻譯《作戰前的晚上》（蘇聯Ａ・杜甫辛科），重刊於《文藝春秋》第三卷第一期。

十九日，爲李公樸、聞一多血案，與郭沫若、葉聖陶、洪深、許廣平等十三人聯名致電聯合國人權保障委員會，希望予以聲援，並請立即派遣調查團來華。電文刊於重慶《新華日報》（二十三日）。

八月

作評論《蕭紅的小說——〈呼蘭河傳〉》（《呼蘭河傳》出版時改題爲《〈呼蘭河傳〉序》，作爲該書序言），後刊於上海《文匯報・圖書》（十月十七日），亦刊於《文藝生活》第二十八期。文中既對一九四二年在香港去世的蕭紅流露了深切的懷念，他對一九四五年九月因醫療事故而在延安去世的愛女沈霞寄託了無限的哀思。評論《美國人對中國新文藝的興趣》，刊於《導報月刊》創刊號。九日，作評論《〈灘〉——戰時民族工業受難的記錄》，刊於上海《文匯報》（十六日）。十一日，作評論《糾正一種風氣》，後刊於《上海文化》第八期。二十二日，作評論《關於〈呂梁英雄傳〉》，後刊於《中華論壇》第二卷第一期。《送周揚返解放區時的題詞》，刊於上海《文匯報》（十六日）。

散文《我們有責任使他們不死》，刊於《週報》第四十八期，亦見於《華商報》（五日）。

雜論《我所見到的陶行知先生》，刊於《民生報・吶喊》（七日），亦見於《讀書與出版》第五期。雜論《「澆之以水泥」云云》，刊於《僑聲報》（十九日）。《周作人的「知慚愧」》，刊於《華商報》（二十二日）。《〈週報〉何罪》，刊於《週報》休刊號（二十四日）。

九月

作評論《談蘇聯戰時文藝作品——〈蘇聯愛國戰爭短篇小說譯叢〉後記》，後刊於《文藝春秋》第三卷第四期。作評論《民間、民主詩人》，譴責國民黨法西斯統治壓制民主、封閉人民嘴巴的罪行，讚揚了解放區民間藝人運用歌謠形式，對黨領導的革命的歌頌和對敵人的鞭笞，後刊於一九四七年十月出版的「文藝叢刊」之一《腳印》。十六日，作評論《抗戰文藝運動概略》，刊於十月《中學生》雜誌社編輯之《戰爭與和平》。評論《關於〈李有才板話〉》，刊於《群眾》週刊第十二卷第十期。《〈血債〉序》，刊於《華商報》（十二日）。《〈團的兒子〉譯後記》，刊於《新文化》第二卷

第六期。

雜論《學步者之招供》，刊於《文萃》第二卷第四十六期。《對美國華萊士外交演說的意見》，刊於重慶《新華日報》（二十日）。二十四日，作雜論《談平等與自由》，後刊於《文萃》第五十期。

十月

與沈鈞儒等三十九人署名發表《我們要求政府切實保障言論自由》，刊於《文萃》第二年第一期（總第五十一期）。

評論《魯迅是怎樣教導我們的》，刊於《文藝春秋》第三卷第四期。《〈阿Q正傳〉插畫序》，收入十月出版之《阿Q正傳插畫》。編輯《現代翻譯小說選》，附緒言《近年來介紹的外國文學》，由文通書局出版。

雜論《一年間的認識》，刊於《文萃》第二年第一期。《美麗的夢如何美化了醜惡的現實》，刊於《清明》第四號。

十九日，與周恩來、郭沫若、葉聖陶等前往辣斐大戲院，出席文協總會等十二個文化團體舉行的魯迅逝世十週年紀念大會。

二十日，與沈鈞儒、郭沫若、葉聖陶、馮雪峰、田漢、洪深、陳白塵、許廣平和海嬰等前往萬國公墓，爲魯迅掃墓。

二十八日晨，黃裳攜一友到大陸新村往訪，拿出箋紙，請賜墨寶。茅盾於十一月上旬書寫林和靖的《旅館寫懷》，寄黃裳。

十一月

政論《和平民主的堡壘萬歲！》，刊於《時代》週刊第六年第四十三、四十四期合刊。《談杜重遠的冤獄》（目錄內標題爲《記杜重遠》），刊於《文藝春秋》第三卷第五期。

《蘇聯偉大十月社會主義革命二十九週年紀念題詞》，刊於《時代日報》（七日）。

二十五日，出席蘇聯駐滬領事海林爲茅盾夫婦赴蘇訪問而舉行的宴會。席間，黎照寰賦詩一首，郭沫若賦七絕《臨別贈言》一首：「乘風萬里廓心胸，祖國靈魂待鑄中；明年鴻雁來賓日，預卜九州已大同。」

月底，赴蘇前夕，應蘇聯塔斯社的羅果夫之約，寫了一篇《自傳》，由戈寶權譯成俄文交羅果夫發往蘇聯（中文底稿一直由戈寶權保存著。原件無標題，國內未公開發表）。

十二月

一日，作《序〈軍中歸訊〉》，後附於一九四九年一月文光書店出版的《軍中歸訊》。

評論《里程碑的作品——趙樹理的小說〈李家莊的變遷〉》，刊於《華商報》（十日），刊於《文萃》第二年第十期時改題爲《論趙樹理的小說》。

雜論《雨天論英雄·唏噓憶辛亥》，刊於《上海文化》第十一期。《向南方友人們致意》，刊於《華商報》（六日）。《寄語》，刊於《文藝春秋》第三卷第六期。

《留別友人題字》，刊於《華商報》（九日）。

三日晚，郭沫若、鄭振鐸、孔另境等爲茅盾夫婦赴蘇餞行，應邀赴宴。

五日，應蘇聯對外文化協會的邀請，與夫人孔德沚離上海前往蘇聯訪問。蘇聯的這一邀請早在抗戰勝利之初就曾提出，後因種種原因延宕至今。行前十個文藝團體在上海清華同學會舉行歡送會。臨別時，郭沫若、葉聖陶、鄭振鐸、戈寶權、臧克家等許多作家和新聞記者前往碼頭送行。郭沫若在現場揮詩兩首：「槃桴海外沈夫子，我亦無心效屈原，需要九州成一統，普天耕作有田園。」「遍地狂瀾捲血花，何堪大盜入吾家，明年鴻雁來賓日，司馬司徒應在華。」茅盾也講了告別的話。茅盾夫婦乘「斯摩爾納號」輪船先到海參崴，後轉乘火車去莫斯科。在海參崴旅館中寫了《斯摩爾納號》和《海參崴印象》兩則短文。二十五日抵莫斯科。

是年

茅盾夫婦與陽翰笙、洪深、趙清閣、陳白塵、葛一虹、鳳子等同遊了杭州西湖。

曹禺在出國講學之前，茅盾邀其至家裡（在重慶）吃飯，飯間曹禺向茅盾請教一些問題，茅盾指出兩點：一是要把中國的實際情況告訴世界，二是要講講文學的社會意義。後來曹禺在國外一年裡就是這樣做了。

〔重要紀事〕

一月

十日，政治協商會議在重慶開幕，中共派周恩來率領代表團參加，會議通過了《和平建國綱領》等議案，國共雙方簽訂《停戰協定》。國民黨於三四月間撕毀政協決議和《停戰協定》，不久，向解放區發動進攻。

電影戲劇界陽翰笙、洪深、曹禺、宋之的等五十餘人發表了「致政治協商會議各委員意見書」，揭露和抨擊了反動派對電影、戲劇運動的迫害，要求「廢除對話劇、電影、舊劇、新劇的一切審查制度。」

鄭振鐸、李健吾主編的《文藝復興》，魏金枝主編的《文壇》，分別在上海創刊。《人民文藝》、《文藝時代》分別在北平創刊。《新文藝》在廣州創刊。

二月

十日，重慶進步人士和群眾於校場口集會，慶祝政治協商會議的召開。大會遭到國民黨特務的破壞，出席會議的郭沫若、李公樸等被毆傷，各界人士紛紛致電慰問。此即「校場口事件」。

國民黨指使特務搗毀中共主辦的《新華日報》和中國民主同盟機關報《民主報》。

《文藝新聞》在廣州創刊。

四月

八日，中共代表王若飛、秦邦憲因國民黨推翻政協議決議而從重慶乘飛機回延安，葉挺、鄧發等同行，飛至山西興縣黑茶山失事遇難。

普冀魯豫文化座談會開幕，各區文教工作者百餘人參加。會上總結了抗戰八年文教工作經驗，號召文化工作與群眾運動相結合。

五月

國民黨政府由重慶遷回南京。

中華全國文藝協會向國民黨統治區文藝工作者發出了「為人民大眾服務，實現和平民主的要求」的號召。

國民黨中宣部密令查禁茅盾的《清明前後》。

六月

上海十萬群眾舉行反內戰、反美國干涉中國內政示威，選出馬敘倫等十人赴南京請願，代表抵南京時遭國民黨特務毆傷，發生「下關慘案」。

國民黨查封反內戰文化團體、機構共一百餘個。

七月

民主戰士李公樸、聞一多先後遭國民黨特務暗殺。

十月

東北電影製片廠成立。從一九四八年八月到一九四九年六月，先後拍攝了

《橋》、《中華女兒》和《趙一曼》等八部影片，這是新中國成立前第一批以革命戰爭和新的人民生活爲題材的故事片。

十一月

四日，國民黨政府同美國簽訂《中美友好通商航海條約》，在此前後與美國還簽訂了一系列喪權辱國的條約。十五日，蔣介石召開違反政協決議的所謂「國民大會」，並通過所謂「憲法」。十六日，中共代表團團長周恩來在南京舉行最後一次中外記者招待會，十九日返回延安。

十二月

因美國士兵強姦北京大學女學生，爆發了北平學生和天津、上海、南京等幾十個城市的學生反美反蔣運動。在此前，有一九四五年昆明的「一二・一」反內戰學生運動；在此後，有一九四七年的「五・二○」反飢餓學生運動等。

是年

國民黨查封報刊二百六十三種。

一九四七年（丁亥）五十一歲

一月

在蘇聯寫的日記《遊蘇日記》，連續刊於《時代日報》副刊（一日至十二月十三日）。

遊記《蘇聯遊記》，連載於《華商報・熱風》一至三月。《蘇聯行》，連載於《時代》週刊第七年第一、六、七期。

散文《回憶之一頁》，刊於《京滬週刊》第一卷第三期。

七日，作雜論《列寧博物館》，收入「文匯叢刊」之四《人民至上主義的文藝》。九日，作雜論《民族解放鬥爭中之中國兒童》，刊於本月俄文《兒童眞理報》。雜論《海參崴印象》，刊於重慶《新華日報》（十五日）。

二月

雜論《蘇聯社會的縮影「斯摩爾納」號》，刊於《中蘇文化》第十八卷第一期。

《普希金逝世百十年紀念題字》，刊於《時代日報》《普希金逝世一百十週年紀念特刊》（十日）。

三月

散文《紅軍博物館》，刊於上海《文匯報·新文藝》（二十四日）。散文《生活之一頁》單行本由上海新群出版社出版。該書描述一九四一年香港戰爭期間作者的親身生活經歷，共計十一章。

短篇小說集《委屈》由上海新風書店出版，收入《委屈》等五個短篇。

四月

《茅盾對蘇聯塔斯社訪員發表談話》，發表於七日。

散文《一所「博物館」》，刊於《人世間》復刊第二期。《古列巡禮》，刊於上海《文匯報》（二十八日）。《列寧博物館》，刊於《風下》週刊第六十九期。

《答記者問》和《致〈文匯報〉記者》，先後刊於上海《文匯報》（二十六、二十七日）。

《「旅蘇信札」二件》，刊於《評論報》第十五期。

二十五日，結束對蘇聯的訪問，返國。出席郭沫若主持召開的歡迎會。到上海各大學演說，並參加各種文化團體的座談會，介紹蘇聯見聞。

二十八日，晚，赴郭沫若家，參加「為茅盾先生及夫人洗塵小集」，同席的還有沈鈞儒、葉聖陶、鄭振鐸、許廣平、田漢、陽翰笙、吳祖光、鳳子等。席間由沈鈞儒致歡迎詞，茅盾談訪蘇情況。

五月

評論《深入社會，面向民眾》，刊於《中國建設》第三卷第四期。

雜論《蘇聯的印象》（講話，小心記錄），刊於《時代日報·文化報》（二十九日）。

翻譯《這女人是誰》（俄國契訶夫），刊於《大家》第一卷第二期。在《後記》裡說，該作品譯於一九二〇年，曾寄擬創刊的《婦女畫報》，未刊登。

六月

散文《莫斯科的國立列寧圖書館》，刊於《人世間》復刊第四期。《向遠方朋友致敬》，刊於蘇聯《文學報》（二十一日）。

雜論《蘇聯作家們的權益是有保障的》，刊於《國訊》第四、五期。《蘇聯的精神工程師們的權益》，刊於《華商報》（五日）。

翻譯《俄羅斯問題》（蘇聯Ｋ·西蒙諾夫），連載於《世界知識》第十五卷

第二十三、二十四期，第十六卷第一、五、七、八期。九日，作《〈俄羅斯問題〉前記》，刊於《世界知識》第十五卷第二十三期。後於同年九月由世界知識出版社出版單行本，內附有七月二十一日寫的《關於〈俄羅斯問題〉》一文。

七月

散文《記香港戰爭時韜奮的瑣事》，刊於《時與文》第一卷第二十期。

《答編者問——關於蘇聯作家的生活及作協如何幫助青年作家》，刊於《文藝知識連叢》第一集之三《論普及》。

雜論《蘇聯的出版情形》，刊於《開明》新一號。

八月

散文《K‧西蒙諾夫訪問記》，刊於《文藝復興》第三卷第六期。四日，作散文《莫斯科的話劇院》，刊於《藝聲》第二期。

雜論《蘇聯職工教育的一面》，刊於《國訊》第四二七期。

九月

寫完《蘇聯見聞錄》。

散文《憶謝六逸兄》，刊於《文訊》月刊第七卷第三期。

由茅盾講述、黃彬筆錄的雜論《蘇聯的青年生活》，刊於《中學生》第一九一期。

十月

評論《烏茲別克文學概略》，刊於《大學》第六卷第五期。《兒童詩人馬爾夏克》，刊於《新聞報‧藝月》（十日）。《民間藝術形式和民主的詩人》（收入《茅盾文集》第十卷時改題爲《民間、民主詩人》），刊於「文藝叢刊」第一輯《腳印》。二十八日，作評論《關於〈憶江南〉》，刊於上海《新聞報‧藝月》（十一月三日）。

散文《記莫斯科的「紅十月廠」》，刊於《中國建設》第五卷第一期。《記莫斯科的托翁博物館》，刊於《人世間》復刊第七期。《莫斯科的革命博物館》，刊於《創世》第二期。《記耐克拉索夫博物館》，刊於「今文學叢刊」第一本《跨著東海》。

十一月

評論《蘇聯文學的民主性》，刊於《中國建設》第五卷第二期。五日，作評

論《馬爾夏克談兒童文學》，刊於「今文學叢刊」第二本《我是中國人》。

散文《莫斯科的兒童團》，刊於《創業》第三期。《V‧P‧卡泰耶夫訪問記》，刊於《文訊月刊》第七卷第五期。《兒童宮》，刊於《創世》第四期。

政論《祝偉大的蘇聯人民更大更多之成功與勝利》，刊於《時代日報》（七日）「偉大十月社會主義革命三十週年紀念」特刊。

《祝詞》，刊於《時代》第七年第四十三、四十四期合刊。

十四日，鑑於國民黨的白色恐怖日益加劇，經黨組織決定，由丁聰陪同，離上海乘船赴香港，十六日抵港，住九龍彌敦道一年許。當天離滬赴港的還有郭沫若，由葉以群陪同，他們乘的是另一條船。

十二月

三十日，訪蘇時（1946.12～1947.4）所作評論《中國民間藝術之新發展》，刊於蘇聯《星火》。

〔重要紀事〕

一月

國共談判徹底破裂。美國宣布退出軍事調處執行部。

二月

中共駐軍事調處執行部代表葉劍英等撤回延安；中共駐南京、上海、重慶等地擔任談判聯絡工作的代表和工作人員於三月五日前全部撤退；國民黨非法勒令重慶出版的《新華日報》停刊。

三月

蔣介石的全面進攻破產後，被迫改為向陝甘寧邊區和山東解放區重點進攻。十九日，國民黨軍隊侵佔延安。毛澤東、周恩來等留陝甘寧邊區指揮牽制和殲滅敵人。劉少奇、朱德等組成中央工作委員會，到河北省平山縣西柏坡村進行黨中央委託的工作。

五月

國民黨查封上海進步報紙《文匯報》、《聯合晚報》、《新民報》等。

本月起，「反飢餓、反內戰、反迫害」的民主愛國運動遍及上海、南京、北平、瀋陽等六十多個大中城市。

蕭軍主編的《文化報》在哈爾濱創刊。

七月

人民解放軍由戰略防禦轉入戰略進攻。

十月

十日,中國人民解放軍總部發表《中國人民解放軍宣言》,發出「打倒蔣介石,解放全中國」的號召,宣布了八項基本政策。同日,中共中央公布了「土地法大綱」,解放區掀起了轟轟烈烈的土改運動。

國民黨非法解散中國民主同盟。

中華全國文協機關刊物《中國作家》月刊在上海創刊,共出三期。

十二月

二十五日至二十八日,中共中央在陝北米脂縣楊家溝召集會議,討論和通過了毛澤東關於《目前形勢和我們的任務》的報告。報告規定了黨在這個時期的軍事、政治、經濟各方面的政策綱領,爲黨領導全國人民奪取全國性的勝利,作了充分的準備。

一九四八年(戊子)五十二歲

一月

評論《雜談方言文學》,刊於香港《群眾》第二卷第三期。《茅盾文集》的「後記」,刊於本月春明書店出版的《茅盾文集》。

散文《兩個中學校》,刊於《國訊》港版新一卷第六期。《記喬其亞歷史博物館》,刊於《創世》第八期。《關於〈眞理報〉》,刊於《華商報》(二十三日)。《〈兒童眞理報〉訪問記》,刊於《風下》週刊第一一○期。

雜論《祝福所有站在人民這一邊的!》,刊於《華商報》(一日)。《從「民之所好」說起》,刊於《時代日報·新生》(一日)。

《一九四八年文藝日記獻詞》,刊於春明書店版《文藝日記》。《生活日記題詞》,刊於本月香港生活書店出版的《生活日記》。

二月

一日,作評論《再談方言文學》,後刊於《大眾文藝叢刊》第一輯。評論《烏茲別克的第一個歌劇〈蒲郎〉》,刊於《文藝生活》海外版第一期。

散文《梯比利斯的「地下印刷所」》,刊於《中學生》二月號。《〈星火〉和蘇爾科夫》,刊於「野草文叢」第八集《春日》。《蘇聯的〈兒童眞理報〉》,

刊於《開明少年》第三十二期。

雜論《新春筆談——幻想終必破滅》，刊於《正報》第七十六、七十七期合刊。

三日，作《〈蘇聯見聞錄〉序》，刊於《開明》第四期。

三月

評論《略談蘇聯電影》，刊於《華商報》（九日）。《如何提高文學修養》，刊於「學生文叢」第五輯《我最愛的先生》。

雜論《我看——》，刊於《華商報》（十五日）。

四月

《蘇聯見聞錄》，由開明書店出版。《雜談蘇聯》，由上海致用書局出版。該兩書內容均係茅盾記述自己一九四六年十二月至一九四七年四月訪蘇期間的見聞、觀感，《蘇聯見聞錄》中有一部分是訪蘇日記。

五月

四日，與郭沫若等六十餘名文化界人士聯名發表《紀念「五四」致國內文化界同人書》，響應中共中央關於迅速召開新政治協商會議，成立民主聯合政府的號召，呼籲廣大知識份子團結起來，為建設新中國而奮鬥。

評論《知識份子的道路》，刊於文協香港分會編《慶祝第四屆「五四」文藝節特刊·知識份子的道路》（四日）。《文藝工作者目前的任務》，刊於《華商報》（六日）。《反帝、反封建、大眾化——為「五四」文藝節作》，刊於《文藝生活》海外版第三、四期。《贊頌〈白毛女〉》，刊於《華商報·熱風》（二十九日）。《文藝與生活》，刊於《文藝生活》海外版副刊（五月）。作《〈第一階段的故事〉四版序》，後收入一九四九年六月上海文光書店版《第一階段的故事》。

雜論《蘇聯婦女與家庭》，刊於《讀書與出版》第三年第五期。《文化人的呼籲》，刊於爪哇《生活週報》第一八七期。《關於〈侵略〉》，刊於《華商報》（二十一日）。

六月

十三日，作短篇小說《驚蟄》，刊於《小說》第一卷第一期。這是茅盾創作中一篇獨一無二的寓言體小說，作品以優美練達的語言，巧妙的構思剪裁，生動形象的描繪，辛辣地諷刺了在解放戰爭飛速發展的形勢下，各種以「公

允」面目出現，對國共和談持中間路線、調和立場的自由主義者。

七月

以茅盾、巴人、周而復、葉以群等八人爲編委會的《小說》月刊在香港創刊。（茅盾掛名主編，實際上由周而復主持）刊於創刊號的《發刊詞》爲茅盾所撰，它談了創刊的緣由：「一來因爲幹這月刊的朋友以寫小說者爲最多，二來我們覺得把本刊這樣專業化起來，在今日的出版界中未始不是分工合作之道……我們都是深信文藝應當爲人民服務，而中國人民今天正在創造自己的歷史，我們不敢妄自菲薄，決心在這偉大的戰鬥中盡我們應盡的力量。」

雜論《蘇聯少數民族的生活》，刊於《時代批評》第五卷第一○三期。《紀念杜重遠先生》，刊於《華商報》（二十五日）。

八月

作短篇小說《一個理想碰了壁》，後刊於《小說》第一卷第三期（九月）。小說敘述抗戰期間，從上海流亡到廣州的文化人士L，在廣州贖出（也可以說是救出）一個被兄長賣給妓院的鄉村姑娘，帶到香港，打算讓她先補習文化，然後進工廠做工，以走上獨立謀生之路。然而，該女子受舊思想薰染，執意要當L的二房姨太，而不願俯從L的善意，去識字做工，走自立之路。L無奈，只好避匿，囑託朋友規勸，但她最後還是「我行我素」，又跑回廣州去了。通過描述，小說告訴我們，這個農村女子的這種落後性是當時的整個會環境造成的，非某種個人的意願（即小說所謂的「理想」）和言辭所能克服。小說中S君對L君的一段話點穿了這一點：「言語的說服力本來是相對的，生活環境的說服力，這才是絕對的！如果你從廣州灣帶她出來，不是到香港，而是到陝北，那就不同了。……」

雜論《「中間路線者」挨了當頭一棒》，刊於《人民日報》（十七日）。

翻譯《蠟燭》（蘇聯西蒙諾夫），以及「譯後記」，刊於《小說》第一卷第二期。

九月

應邀任剛復刊的香港《文匯報》副刊《文藝週刊》主編，至十二月止。

開始創作長篇小說《鍛煉》，連載於香港《文匯報》（一九七九年作者修訂時，將發表於一九四三年《文藝先鋒》的《走上崗位》第五、六章修改後，

移作《鍛煉》的第十四、十五章）。一九八○年十二月和一九八一年五月分
別由香港時代圖書有限公司和北京文化藝術出版社出版單行本。這原是反
映整個抗戰八年的五部聯貫的長篇鉅著的第一部，後因解放戰爭進展迅
速，作者應邀赴京，其他四部已沒有時間再寫，這一部共寫了二十五章，
最後三章雖已寫好，也來不及公開發表。《鍛煉》是茅盾公開發表的最後一
部長篇小說，全文約二十餘萬字，主要反映一九三七年日本進攻上海的
「八‧一三」戰爭期間（八月十三日至十一月十二日）上海各階級階層人
士對抗日戰爭所抱的態度，國民黨消極抗日積極破壞群眾的抗日的罪惡行
徑，以及工人群眾、愛國進步知識份子、青年在與國民黨對日妥協投降路
線鬥爭中所得到的鍛煉和教育。作品結構龐大，故事情節圍繞著三個方面
分頭展開：（一）在上海某民族工業——國華機器廠內遷問題上所表現的矛
盾、鬥爭；（二）描述一些青年從事抗日宣傳活動並與國民黨的阻撓、破壞
所進行的鬥爭；（三）寫一名愛國青年從參加到退出國民黨的抗日政工隊的
經歷。通過這些描述，多方面、充分地揭露了國民黨假抗戰、反人民的反
動面目，表現人民在對國民黨的鬥爭中所得到的教育、鍛煉，真實地再現
了當時的現實，大大深化了小說的主題思想，使小說具有強烈的時代精神。
《鍛煉》所刻劃的人物有二十多個，多數都具有鮮明生動的個性。語言的
練達、俊逸，也給人以深刻的印象。小說的不足之處在於：某些正面人物
不如反面人物豐滿，某些人物進一步展開不夠。《鍛煉》充分體現了作者生
活經驗的豐富，政治思想水平的高度，洞察現實的敏銳、深刻，藝術技巧
的純熟、精湛。

作散文《脫險雜記》，一九四九年六至八月修改，刊於《進步青年》第二至
七期（一九四九年六至十一月），前面附有「前言」。它記述一九四二年初
茅盾夫婦以及其他一些文化人在東江遊擊隊護送下自香港九龍脫險的經
歷。散文《悼佩弦先生》，刊於香港《文匯報》（九月）。

一日，作評論《〈夜店〉》，刊於《華商報》（三日）。評論《編餘漫談》三則，
分別刊於香港《文匯報‧文藝週刊》（十六、二十三日、三十日）。評論《〈論
批評〉及其他》和《〈論約瑟夫的外套〉讀後感》，先後刊於香港《文匯報‧
文藝週刊》（二十三日、三十日）。《關於影片〈我的大學〉》，刊於香港《正
報》第一○六期。

發刊詞《我們的願望》，刊於《文匯報‧文藝週刊》（九日）。《從月餅和斗

香說起》，刊於《文匯報‧文藝週刊》（十七日）。《談「文藝自由」在蘇聯》，刊於香港新文化叢刊出版社刊行的《文化自由》。《張自忠紀念集題詞》，刊於本月出版的《張上將自忠紀念集》。

十月

應達德學院（業餘性夜學院，座落於香港灣仔，院長係林煥平）之邀，到該院作過一次講演，談文藝的新任務問題。講前由林煥平去茅盾寓所，陪同他前往。講演稿後以《關於創作》為題，刊於「海燕文藝叢刊」第二輯（一九四九年一月），後收入《茅盾文藝雜論集》時，改題為《關於創作的幾個具體問題》。

評論《論魯迅的小說》，刊於《小說》第一卷第四期。《看了〈此恨綿綿無絕期〉後的一點意見》，刊於《華商報》（二十日）。《對美國和蘇聯電影的看法》（題目係編者所加），刊於「新文化叢刊」第二種《保衛文化》。《本刊稿約》，刊於香港《文匯報‧文藝週刊》（七日）。《編餘漫談》兩則，先後刊於《文匯報‧文藝週刊》（七、十四日）。

雜論《剪掉精神上的辮子》，刊於《華商報》（十日）。

十一月

評論《新社會的新人物》（評話劇《小二黑結婚》的演出）和《偉大音樂家創作的道路》，先後刊於《華商報》（七、二十六日）。

政論《人民世紀始於三十一年前的今天》，刊於《華商報》（七日）。雜論《馮煥章將軍在文協》，刊於本月出版的《馮煥章將軍紀念冊》。

十二月

三日，應邀到香港《文匯報》社作報告，談新聞與文學的關係問題，六日，該報發表了報告的記錄稿全文（湖深記錄），題為《新聞與文學》，並加了按語。評論《看了〈野火春風〉》，刊於香港《文匯報》（十一日）。

二十三日，作《〈在呂宋平原〉序》，後刊於香港《文匯報》（一九四九年三月三日）。

散文《K‧西蒙諾夫訪問記》，轉載於《文學戰線》第一卷第五、六期合刊。

七日，作雜論《歲末雜感》，刊於《文藝生活》海外版第九期。

十二日，作短篇小說《春天》，後刊於《小說》第二卷第一期（一九四九年一月）。這是茅盾的最後一個短篇小說，作於一九四八年十二月離港前夕。

小說描寫了解放初某地以華威先生為代表的一小撮階級敵人從事反革命陰謀活動及其最終的敗露。其時遼瀋戰役已經結束，東北全境解放，戰爭形勢急轉直下，全國解放在即，國民黨政權搖搖欲墜；小說通過華威先生一伙的失敗結局，實際上預示了在這樣的大好形勢下，國民黨殘餘勢力負隅頑抗、垂死挣扎，已挽救不了其必然滅亡的命運。春天，大地復甦，萬物萌發，新生進步的力量必將戰勝、掃除反動腐朽的殘渣餘孽。小說以春天的情景孕育題旨，襯托背景，洋溢著對人民革命勝利的讚美之情，別具一格。

月底，應中國共產黨邀請，偕夫人由香港乘船去東北大連，再轉瀋陽，準備到北京參加新政協籌備會議。

〔重要紀事〕

一月

李濟深等在香港成立中國國民黨革命委員會，擁護中國共產黨，號召「打倒蔣介石，組織聯合政府」。沈鈞儒等在香港重建民主同盟。

三月

《大眾文藝叢刊》雙月刊（邵荃麟、馮乃超等編）出版，開始了對胡風的「主觀論」的批判。

四月

國統區教育界反壓迫、反飢餓運動遍及北平、天津、上海、南京等十餘城市。

中共西北中央局召開陝甘寧邊區文藝工作者座談會，對一年來邊區文藝活動及今後如何配合解放大西北戰爭問題作了詳細討論。

二十二日，人民解放軍收復延安。

三十日，中共中央發布紀念「五一」國際勞動節口號，號召各民主黨派、人民團體、各社會賢達迅速召開沒有反動分子參加的政治協商會議，成立民主聯合政府。

本月至五月，國民黨接連查封《世界知識》、《國訊》、《時與文》等刊物。

五月

中共中央遷至西柏坡村與中央工作委員會合併。

七月

東北解放區的重要文藝刊物《文藝戰線》創刊於哈爾濱。

八月

華北人民政府組成。

著名散文家、詩人、教授朱自清在北平病逝，終年五十歲。

東北文藝界展開對蕭軍及其主編的《文化報》的批判。

西北解放區重要文藝刊物《群眾文藝》在延安創刊。

九月

十二日，遼瀋戰役開始，至十一月二日結束。

晉冀魯豫邊區、晉察冀邊區文聯聯合召集的華北文藝工作者會議閉幕，會議確定了今後的工作任務，決定兩區文聯合併，成立「華北文藝界協會」，選出周揚、沙可夫等二十一人爲理事。

十月

東北魯迅文藝學院成立，內設美術、音樂、文學三個部。

十一月

東北全境宣告解放。

六日，淮海戰役開始，至翌年一月十日結束。

十二月

五日，平津戰役開始，至翌年一月三十一日結束。遼瀋、淮海、平津三大戰役共延續四個月零十九天，殲敵共一百五十四萬餘人，使長江中下游以北大片地區獲得解放。國民黨主要軍事力量已消滅殆盡，全國處於革命勝利的前夜。

一九四九年（己丑）五十三歲

一月

政論《迎接新年，迎接新中國》，刊於《華商報》（一日）。

元旦在北上的船中度過。

月初抵大連，在大連住了數天後回瀋陽。後曾去哈爾濱、小豐滿水電站參觀。

二十九日，與蔡廷鍇、沈鈞儒、郭沫若、章伯鈞等參加馮裕芳入殮儀式。
馮系民盟中央委員、港九支部主任委員，於二十七日病逝於瀋陽。同日，
在瀋陽舉行的一次歡迎會上作題爲《打到海南島》的講話，三十日，由新
華社以電訊發出。

二月

二十五日，與夫人自瀋陽抵北平；同行的有李濟深、沈鈞儒、郭沫若等，
共三十五人。

《書函兩通》，刊於上海萬象圖書館平衡編《作家書簡》。

三月

二十二日，華北解放區和國統區的作家藝術家在北平解放後第一次聚會，
商討召開全國文藝工作者大會的籌備工作，由郭沫若、茅盾、周揚、葉聖
陶、鄭振鐸、田漢等四十二人組成籌備委員會，郭沫若任主任，茅盾、周
揚爲副主任。

四月

二十日，作評論《關於目前文藝寫作的幾個問題》後刊於《文藝報》試刊
號（進步青年創作號）。《〈雜談蘇聯〉後記》，刊於本月致用書店出版的《雜
談蘇聯》。

二十一日，作政論《響應召開世界擁護和平大會，痛斥南京政府拒絕和平
協定》，刊於《人民日報》（二十三日）。政論《擁護進軍命令》，刊於《人
民日報》（二十四日）。

五月

評論《新的戰線在形成中——記茅盾先生關於全國文代會籌委會的談話》，
刊於《華北文藝》第四期。《一些零碎的感想》，刊於《文藝報》試刊創刊
號（四日）。《在〈文藝報〉召集的座談會上的發言》，刊於《文藝報》試刊
第四、五期。《談談工人文藝》，刊於《天津日報》（十四日）。十七日，作
《略談工人文藝運動》，後刊於《小說月刊》第三卷第一期。評論《關於〈蝦
球傳〉》，刊於《文藝報》試刊第六期。

政論《必須準備長期而艱鉅的鬥爭——爲「五四」三十週年紀念而作》，刊
於《人民日報》（四日）。雜論《各取所值與私有財產——雜談蘇聯之一》，
刊於《人民日報》（三十日）。

二日，覆張帆信，信中流露了他獲悉女婿蕭逸在太原前線犧牲消息後的心情和態度。

六月

二日，與黃炎培、郭沫若、許廣平等五十六人聯名電賀第三野戰軍解放上海。

十二日，作評論《瞿秋白在文學上的貢獻》（爲紀念瞿秋白逝世十四週年而作），刊於《人民日報》（十八日）。評論《高爾基和中國文學》（此文與一九四六年六月的同題文章內容有別），刊於《新華日報》（十八日）。《新文協的任務、組織、綱領及其它》（《文藝報》報導茅盾在一次新文協會議上的講話），刊於《文藝報》週刊第五期。二十七日，作評論《讀〈血染灘河〉》，後刊於七月新中國書局版的《血染灘河》。

雜論《蘇聯的電影事業——雜談蘇聯之二》、《莫斯科的大戲院、小戲院和藝術劇院——雜談蘇聯之三》、《蘇維埃的音樂——雜談蘇聯之四》，先後刊於《人民日報》（七、十三、二十七日）。

《在新政協籌備會上的發言》，刊於《人民日報》（二十日）。

七月

二至十九日，出席在北平召開的第一次全國文代會，任主席團副總主席，在會上作《在反動派壓迫下鬥爭和發展的革命文藝——十年來國統區革命文藝運動報告提綱》的報告，後收入《中華全國文學藝術工作者代表大會紀念文集》。

二十日，與周恩來、陸定一、郭沫若、周揚等出席中共中央、中國人民革命軍事委員會聯合爲參加文代會演出的各文藝工作團舉行的招待會。

二十三日，當選爲全國文聯副主席。

二十四日，全國文學工作者協會正式成立，當選爲主席。

評論《爲工農兵——在新華廣播電臺講》，刊於《文藝報》試刊第十一期；《從話劇〈紅旗歌〉說起》，刊於《中國青年》第十一期。

雜論《學習和娛樂——雜談蘇聯之五》，刊於《人民日報》（四日）。

八日

政論《憤怒譴責英艦「紫石英號」暴行談話》，刊於《人民日報》（三日）。《譴責美帝白皮書》，刊於《人民日報》（十七日）。

二十五日，與郭沫若、馬敘倫收到毛澤東信，以及轉來的吳玉章請示毛澤東如何著手進行文字改革的信，毛澤東在信中叮囑予以審議。

二十八日，與郭沫若、馬敘倫聯名寫信給毛澤東，陳述對於文字改革的意見。

九月

二日，作評論《一致的要求和期望》，刊於《文藝報》第一卷第一期。文章把文代會上的幾百件提案歸納為：（1）加強理論學習，（2）加強創作活動，（3）加強文藝的組織工作，（4）繼續對封建文藝、買辦文藝和帝國主義文藝展開頑強的鬥爭。

十三日，下午，與郭沫若、周揚在中山公園招待新近抵北平的各地文藝工作者及日前返平的文代大會東北參觀團。與會者有夏衍、陳荒煤、馮雪峰、巴金、劉白羽、梅蘭芳等六十餘人。

二十一日至三十日，出席第一屆全國政協會議，當選為政協常委、中央人民政府委員。二十三日，在政協全體會議上發言，發言內容刊於《人民日報》（二十四日）。

〔重要紀事〕

一月

一日，毛澤東為新華社寫的新年獻詞《將革命進行到底》發表，向中外宣告中國人民解放軍將渡江南進，將解放戰爭進行到底。

十四日，毛澤東發表時局聲明，批駁蔣介石的元旦求和聲明，提出以徹底消滅反動勢力為基礎的八項和談條件。

二十一日，蔣介石宣告「引退」，李宗仁接受代理總統。

三十一日，北平宣告和平解放。

三月

中共在西柏坡舉行七屆二中全會。會議討論了徹底摧毀國民黨統治，奪取全國勝利，把黨的工作重心從鄉村轉到城市，以生產建設為中心任務的問題。同時著重研究和規定了黨在全國勝利後的總任務。

二十五日，中共中央與人民解放軍總部遷北平。

四月

國民黨代表與中共代表在北平舉行和談，二十日，國民黨政府拒絕在《國內和平協定》上簽字。

二十三日，南京解放，宣告了國民黨反動統治的覆滅。

五月

杭州、武漢、西安、上海等地相繼解放。

六月

三十日，毛澤東發表《論人民民主專政》。

七月

第一次全國文學藝術工作者代表大會在北平開幕。大會代表共計八百二十四人，實際出席的為六百五十人。毛澤東蒞會作重要講話，朱德代表黨中央致祝詞，周恩來作政治報告。

中華全國文學藝術界聯合會正式成立，由郭沫若任主席，茅盾、周揚任副主席。

中華全國美術工作者協會、全國舞蹈工作者協會、中華全國曲藝改進會籌備會、中華全國文學工作者協會、中華全國音樂工作者協會、中國全國戲劇工作者協會、中華全國電影藝術工作者協會、中華全國戲曲改進會籌備委員會相繼成立。

九月

中國人民政治協商會議第一屆全體會議在北平舉行。會議通過了《共通綱領》，產生了中華人民共和國中央人民政府，選毛澤東為主席，朱德、劉少奇、宋慶齡、李濟深、張瀾等為副主席；制定了國旗、國徽，決定了代國歌，並採用公元年號，定都北平，將北平改名為北京。

全國文聯機關刊物《文藝報》正式創刊。

七、社會主義晨光

（1949 年 10 月～1965 年）

一九四九年（己丑）五十三歲

十月

擔任中央人民政府文化部部長。

主編新創刊的文協機關刊物《人民文學》（月刊），並爲創刊號撰寫了《發刊詞》。

三日，出席中國保衛世界和平大會委員會成立大會，被選爲副主席。

十三日，晚，與郭沫若、周揚電賀莫斯科蘇聯國立小劇場成立一百二十五週年。

十九日，出席魯迅逝世十三週年北京紀念大會。

評論《美國電影和蘇聯電影的比較》，刊於《人民日報》（三十日）。

政論《感謝蘇聯承認新中國，慶賀中蘇建立新邦交》，刊於《人民日報》（九日）。《歡迎我們的老大哥，向我們的老大哥看齊》，刊於《文藝報》第一卷第二期。《抗議美帝迫害美共領袖的書面談話》，刊於《人民日報》（二十日）。《把我們對蘇聯人民和斯大林的敬愛帶回去吧》，刊於《人民日報》（二十八日）。雜論《學習魯迅與改造自己》，刊於《人民日報》（十九日）。《首都體育大會開幕題詞》，刊於《人民日報》（二十二日）。

十一月

三日，作政論《在十月革命面前，反動派瘋狂而發抖了！》，刊於《人民日報》（七日）。

評論《略談革命的現實主義——覆張忠江》，刊於《文藝報》第一卷第四期。

十二月

政論《關於發行公債》，刊於《人民日報》（五日）。《斯大林就是民主，就是和平》，刊於《中蘇友好》第一卷第二期。

評論《斯大林與文學》，刊於《人民日報》（二十一日）。

是年

茅盾等著《新民主主義的文學》由新生出版社出版。

〔重要紀事〕

十月

一日，中華人民共和國成立，北京三十萬人集會隆重舉行開國大典，毛澤東親手升起第一面五星紅旗。

中央人民政府委員會舉行第一次會議，任命周恩來爲政務總理。

十九日，北京、上海等地集會紀念魯迅逝世十三週年。北京紀念大會一致通過決議，建議人民政府在北京、上海等地建立魯迅紀念館，整理魯迅故居。

十一月

北京市成立大眾文藝創作研究會，趙樹理等十五人被推選爲執行委員。

十二月

文化部藝術局召集京津地區文藝報刊編輯工作座談會，周揚到會講話。

東北文聯成立，劉芝明被推選爲主席。

是年

文代會以後到年底，全國成立了四十個地方文聯和文聯籌備機構，出版了四十種文藝刊物。

一九五○年（庚寅）五十四歲

一月

評論《充滿了光明和希望》，刊於上海《文匯報》（一日）。《關於〈俄羅斯問題〉》，刊於《人民日報》（二十二日）。

六日，在文化部對北京市文藝幹部作《文藝創作問題》的講話，後刊於《人民文學》第一卷第五期。

八日，在北京大眾文藝講座上講《欣賞與創作》，刊於《進步日報》（十一日）。這個講話包括兩部分內容。一部分關於欣賞，著重論述了欣賞的含義，美感與個性、情緒的關係，個性、情緒的生活基礎，最後指出，不同階級不同的人有不同的美感和欣賞標準。另一部分涉及文藝創作，主要強調如何採用各種題材和形式去表現工農兵的問題。

二十七日，晚，在東四頭條接待黃裳、柯靈的訪問。柯靈正打算把《腐蝕》改編為電影，想聽聽作者的意見。茅盾在寓內小樓下的客廳裡與他們談了一會，柯靈隨手記下了他的意見。

二月

政論《慶祝中蘇友好互助的新紀元》，刊於《人民日報》（十六日）。《中蘇兄弟同盟萬歲》，刊於《文藝報》第一卷第十一期。

二十八日，著名詩人戴望舒因病逝世。與陸定一、胡喬木、周揚等曾赴醫院親視入殮。

三月

在《人民文學》社召開的創作座談會上談《目前創作上的一些問題》，刊於《群眾日報》（二十四日）。

評論《讀〈新事新辦〉等三篇小說》，刊於《人民日報》（二十六日）。該文主要從情節、結構、剪裁、表現方法等藝術形式方面對《新事新辦》等三篇短篇小說作了分析、比較。

四月

評論《談〈水滸〉的人物和結構》，刊於《文藝報》第二卷第二期。

十九日，作評論《關於反映工人生活的作品》，後刊於《人民文學》第二卷第一期。評論《讀〈挺進大別山〉》，附於上海新華書店出版的《挺進大別山》。

五月

評論《關於文藝修養》，刊於《中國青年》第三十九期。文章用兩句話總結了從事創作的要求：「多讀多寫多生活，邊寫邊讀邊生活」，並作了簡單的闡述。

十一日，作雜論《悼念Ａ·史沫特萊女士》，刊於《人民日報》（十四日）。

二十八日，在北京市文代會開幕式上講了話。

六月

三日，作雜論《科學普及工作如何展開？》，刊於《科學普及通訊》第四期。

七月

雜論《響應保衛世界和平簽名運動》，刊於《人民日報》（三日）。《侵略者將自食其果》，刊於《人民日報》（二十三日）。

十四日，為《甘肅文藝》題詞，後刊於《甘肅文藝》創刊號。《上海市第一屆文藝界代表大會題詞》，刊於上海《解放日報》（二十四日）。

八月

九日，在北京中學國文教員暑期講習會講《怎樣閱讀文藝作品》，後刊於大眾書店十二月出版的《語文教學講座》。

九月

十六日，作電影問題的報告。

評論《〈俄羅斯問題〉對我們的教育意義》，刊於《光明日報》（十七日），亦見於同日《人民日報》。

十月

評論《爭取發展到更高的階段》，刊於《人民日報》（一日）。

政論《感謝蘇聯崇高的友誼和親切的合作——在慶祝〈中國人民的勝利〉攝製完成晚會上講話》，刊於《群眾文藝》第三卷第三期，亦見於《大眾電影》第八期。

十一月

雜論《在人民的立場》，刊於本月北京出版社出版的《陶行知先生四週年祭》上集。

作《〈解放五年來朝鮮文教事業的發展〉序》，後附於十二月新華書店出版

的《解放五年來朝鮮文教事業的發展》。

十六日，與丁玲等共一百四十五人發表《在京文學工作者宣言》，強烈譴責美帝國主義悍然侵略朝鮮，決心「更好地為抗美援朝保家衛國進行工作」。

二十七日，在全國第一次戲曲工作會議上致開幕詞。

十二月

雜論《剝落「蒙面強盜」的面具》，刊於《人民日報》（三日）。

九日，作評論《由衷的感謝》，刊於《大眾電影》第十三期。評論《巨大的教育意義》，刊於《人民日報》（二十五日）。

二十日，作《迎一九五一年題詞》，後刊於《新民報》晚刊（一九五一年一月一日）。

《〈中國和平之音〉序》，收入文化出版社編輯出版的《中國和平之音》。

〔重要紀事〕

二月

一九四九年十二月十六日，毛澤東抵莫斯科會見斯大林；一九五〇年一月二十日，周恩來來到達蘇聯，與毛澤東同斯大林、維辛斯基會談，二月十四日，中蘇兩國政府共同簽訂中蘇友好同盟互助條約。三月四日，毛澤東、周恩來返回北京。

三月

中共中央發出《嚴厲鎮壓反革命份子的指示》。

五月

中共中央發出《關於在全黨全軍開展整風運動的指示》。

中國人民的朋友、著名的美國作家、新聞記者史沫特萊女士在英國逝世。

六月

中共召開七屆三中全會，討論通過了毛澤東所作的《為爭取國家財政經濟狀況的基本好轉而鬥爭》的書面報告。

全國政協在北京舉行一屆二次會議，通過《中華人民共和國土地改革法》。

二十五日，朝鮮戰爭爆發。二十七日，美國總統杜魯門宣布武裝干涉朝鮮內政，同時侵略中國領土臺灣。

七月

文化部和有關部門組成的電影指導委員會成立。

十月

十九日，全國文聯和北京市文聯聯合主辦魯迅逝世十四週年紀念大會。

二十五日，中國人民志願軍赴朝，進行抗美援朝戰爭。

是年

中國民間文藝研究會、北京市文聯、上海市文聯、西北文聯、人民文學出版社相繼成立；

《人民美術》、《人民戲劇》、《漫畫》月刊、《大眾電影》、《北京文藝》等先後創刊。

一九五一年（辛卯）五十五歲

一月

政論《擁護第二屆世界和平大會的十項決議》，刊於《人民日報》（七日）。

八日，與郭沫若、周揚等出席中央文學研究所（後改名為「文學講習所」）開學典禮。

作《戰鬥到明天》序。作《中國和平之音》序。

三月

《為新片展覽週題詞》，刊於《新電影》第一卷第三期。

四月

二十五日，在上海文藝工作者歡迎大會上作《目前文藝創作上的幾個問題》的講話，講話的部分內容題為《目前文藝創作上存在的幾個問題》，刊於《解放日報》（三十日）。

給《大眾電影》的題詞，刊於《大眾電影》第二十期。

五月

六日，史沫特萊逝世週年，在北京隆重舉行的紀念會上致詞——《悼念我們親愛的朋友史沫特萊》，刊於《人民日報》（六日），亦見於同日《光明日報》。

追悼常寶堃、程樹棠烈士題詞，刊於《進步日報》（十四日）。

六月

十六日，在文化部召開的全國文工團工作會議開幕式上，作文工團的方針、任務與分工的報告。

七月

《在中國共產黨成立三十週年慶祝大會上的獻詞》，刊於《人民日報》（二日）、《人民文學》第四卷第二期，亦見於《光明日報》（二日）。

《在電影〈中國人民的勝利〉〈解放了的中國〉授獎大會上的講話》，刊於《光明日報》（十四日）。

八月

《沈雁冰部長講詞》，載於《新電影》第一卷第八期。

九月

評論《學習魯迅先生》，刊於《文藝新地》第一卷第八期。

十月

十六日，作評論《魯迅談寫作》，刊於《人民日報》（十九日），亦見於同日《光明日報》。

十一月

政論《中蘇友好改變了歷史的行程》，刊於《人民日報》（七日）。

評論《鞏固和發展各國人民間的文化交流——在世界和平理事會議上的發言》，刊於《人民日報》（九日）。

二十日，被全國文聯指定為北京文藝界整風學習委員會委員。

十二月

作《為什麼我們喜愛雨果的作品》（為世界和平理事會機關刊物《和平》而寫），後刊於《文藝報》一九五二年第四號。

是年

主編「新文學選集」，由開明書店陸續出版。

〔重要紀事〕

一月

中央文學研究所（後改名為「文學講習所」）開辦，丁玲、張天翼負責。

上海魯迅紀念館建立。

中國人民保衛世界和平反對美國侵略委員會發出《關於組織中國人民赴朝慰問團的通知》，慰問團於三月出發，五月回國。

二月

二十一日，中央人民政府公布《中華人民共和國懲治反革命條例》。

五月

西藏和平解放。

五日，經周恩來簽署，政務院發布《關於戲曲改革工作的指示》，提出「改戲、改人、改制」的號召。

二十日，毛澤東為《人民日報》寫的社論《應當重視電影〈武訓傳〉的討論》發表，全國開始對《武訓傳》的批評。

六月

《解放軍文藝》月刊創刊。

中共中央召開第一次互助合作會議，通過了關於農業生產互助合作的決議草案。

九月

《毛澤東選集》第一卷出版。

十月

應蘇聯文藝界邀請，由馮雪峰率領的中國文藝代表團赴蘇參觀訪問。

十一月

著名電影藝術家陳波兒病逝於上海。

二十日，為響應政協一屆三次會議關於改造思想的號召，全國文聯舉行常委擴大會，通過兩項決議：一、在北京文藝界組織整風學習；二、調整全國性的文藝刊物。

十二月

一日，中共中央作出《關於實行精兵簡政，增產節約，反對貪污、反對浪費和反對官僚主義的決定》，八日，又發出《關於反貪污鬥爭必須大張旗鼓地去進行的指示》，從此，「三反」運動在全國展開。

一九五二年（壬辰）五十六歲

一月

三十日，作評論《果戈理在中國——紀念果戈理逝世百年紀念》，後刊於《文藝報》第四號。

三月

十二日，作《〈茅盾選集〉自序》，後收入四月開明書店出版的《茅盾選集》。本書為新文學選集編委會所編，列入「新文學選集」第二輯，收入《春蠶》等短篇小說。

《關於為〈戰鬥到明天〉一書作序的檢討》，（標題係編者所加），刊於《人民日報》（十三日）。

五月

為紀念毛澤東的《在延安文藝座談會上的講話》發表十週年，十九日作評論《認真改造思想，堅決面向工農兵！》，刊於《人民日報》（二十三日），亦見於同日《光明日報》。

八月

評論《歡迎羅馬尼亞人民共和國部隊歌舞團》，刊於《人民日報》（二十三日）。

二十九日，作雜論《人民堅決反對戰爭，就一定能制止戰爭》，後刊於《文藝報》第十七號。

九月

十二日，作雜論《為迎接祖國的建設高潮而準備好自己》，後刊於《中國青年》第九十八期。

十三日，作政論《文藝工作者發揮力量保衛和平》，後刊於《人民文學》第十期。

國慶三週年前夕，作評論《三年來的文化藝術工作》，以文化部長名義發表於《人民日報》（二十七日）。

十月

二日，亞洲及太平洋區域和平會議在北京隆重開幕，與郭沫若等作家參加了這次會議。

評論《給全國戲曲觀摩演出大會》，刊於《人民日報》（六日）。

十一月

《中蘇友好改變了歷史的行程》（題字及祝詞），刊於《光明日報》（六日）。

評論《一點簡單的說明——歡迎蘇聯影片展覽月》，刊於《光明日報》。《蘇聯藝術家的表演給了我們寶貴的啓發》，刊於《人民日報》（十五日）。

十二月

十二日，世界人民和平大會在奧地利維也納開幕，我國代表郭沫若、茅盾等參加。會議結束後，在從維也納到莫斯科途中的火車上，茅盾同陳冰夷作了一次長談，支持陳關於創辦新的《譯文》月刊的建議，並回顧了三十年代魯迅創辦《譯文》的情景，表示如果今天辦《譯文》，一定能辦得更好。

翻譯《人民是不朽的》（蘇聯格羅斯曼），由文光書店出版。

是年

作了兩篇揭露美軍在朝鮮進行細菌戰的小故事，題爲《可詛咒的玩具》和《一種從來沒有見過的熱病》，均刊於在法國巴黎出版的法文版《保衛和平》雜誌上。

〔重要紀事〕

一月

二十六日，中共中央發出《在城市限期開展大規模的堅決徹底的「五反」鬥爭的指示》，「五反」（反行賄、反偷稅漏稅、反盜竊國家財產、反偷工減料、反盜竊經濟情報）運動開始。

三月

全國文聯在全國範圍內組織第一批作家深入部隊、工廠、農村體驗生活。十二月組織第二批作家體驗生活。

四月

《毛澤東選集》第二卷出版。

五月

二十三日，全國文聯召開文藝座談會，紀念《在延安文藝座談會上的講話》發表十週年。

七月

北京文藝界整風宣告結束。

十至十一月間

文化部在北京舉辦第一屆全國戲曲觀摩演出大會。

十二月

全國文協召開「胡風文藝思想討論會」。

一九五三年（癸巳）**五十七歲**

三月

在文化部電影局、全國文協聯合召開的第一屆電影劇本創作會議上，作題為《體驗生活、思想改造和創作實踐》的發言，發言摘要後刊於《文藝報》第七號。

二十四日，在全國文協常委會第六次擴大會上，被擴選為全國文協代表大會籌委會主任兼委員。

七日、十六日，先後作悼念文《偉大的斯大林永遠活在我們心中！》和《化悲痛為力量》，分別刊於《文藝報》第五號、《人民文學》第四期。

四月

政論《中捷人民的友誼是不可戰勝的力量》，刊於《人民日報》、《大公報》（十五日）。

六月

六日，作《〈譯文〉發刊詞》，後刊於《譯文》創刊號。

七月

一日，全國文協介紹外國進步文學作品的刊物《譯文》創刊，茅盾任主編，並撰寫了《發刊詞》。《譯文》於三月開始籌備，在籌備期間，茅盾與副主編陳冰夷曾數次研究《譯文》的創辦工作，包括刊物的方針任務，頭幾期的主要內容和欄目的設想，刊物編排版式的設計，成立編委會和編輯部等。編委名單由茅盾親自提名，經文協主席團討論通過。《譯文》創刊不久，胡喬木見到茅盾，口頭上提了意見，茅盾當即寫信告訴陳冰夷。後胡喬木又在十月二十二日寫信給茅盾，指出了《譯文》頭幾期的缺點，並對《譯文》的方針任務和今後改進的辦法提出了明確系統的意見。茅盾接信後，立即轉給陳冰夷，並寫信表示他同意胡喬木的意見，希望編輯部認真考慮，研究改進。

八月

政論《堅決保衛和平——八月三日在中央人民廣播電臺廣播》，刊於《文藝報》第十五號。

評論《人民匈牙利的電影》，刊於《人民日報》（二十日）。

九月

第二次全國文代會期間，於二十五日在全國文協召開的中國文學工作者第二次代表大會上，作題為《新的現實和新的任務》的報告，發表於《人民日報》（二十五日），《人民文學》第十一期，《文藝報》第十九號。

二十七日，在北京紀念四位世界文化名人大會上，作《紀念我國偉大的詩人屈原》的演講，刊於《人民日報》、《光明日報》（二十八日）。

十月

在中國文學藝術工作者第二次代表大會期間，與周揚同被推選為文聯副主席。中國文學工作者協會改為中國作家協會，繼任主席。

六日，在第二次文代會閉幕式上致閉幕詞。

是年

應國防部長羅瑞卿的建議，寫了一個有關鎮反的電影劇本初稿，由趙明提供素材，並到上海去了解鎮反情況，自己感到不滿意，後於 1970 年銷毀。

〔重要紀事〕

三月

五日，蘇聯共產黨和蘇聯人民的偉大領袖斯大林病逝於莫斯科。

四月

《毛澤東選集》第三卷出版。

文化部主辦第一屆民間音樂、舞蹈會演大會在北京開幕。

六月

毛澤東在中共中央政治局會議上提出黨在過渡時期的總路線和總任務。

七月

二十七日，朝鮮停戰協定在板門店簽字。

九月

二十三日，中國文學藝術工作者第二次代表大會在北京開幕。

二十六日，著名畫家徐悲鴻在北京逝世。

二十七日，中國人民保衛世界和平委員會、全國文聯、中國作家協會等五個團體聯合舉行世界四大文化名人——屈原逝世二千二百三十週年、哥白尼（波蘭）逝世四百一十週年、拉伯雷（法國）逝世四百週年、何塞‧馬蒂（古巴）誕生一百週年紀念大會。

十月

四日，中國人民第三屆赴朝慰問團離京赴朝。

十一月

二十八日，中國文聯舉行第二屆全國委員會主席團擴大會，通過組織和推動文藝界認真學習過渡時期總路線、努力宣傳總路線的決議。

十二月

中共中央通過《關於發展農業生產合作社的決議》。

是年

開始第一個五年計劃。

一九五四年（甲午）五十八歲

二月

政論《為進一步爭取國際局勢的緩和而努力——一九五三年十一月二十四日在維也納會議上的發言》，刊於《保衛和平》第一號。

三月

十日，作《關於〈林家舖子〉的一封信》，收入泥土社出版的《茅盾小說講話》。

五月

散文《讓我們時刻記著……》，刊於《中國青年》第一三六號。

十二號，作評論《關於「歇後語」》，後刊於《人民文學》第六期。

六月

赴斯德哥爾摩參加緩和國際局勢大會。

《和平‧友好‧文化——在世界和平理事會柏林特別會議上關於文化交流問題的發言》，刊於《文藝報》第十一號。

七月

作雜論《鄒韜奮和〈大眾生活〉》，刊於《人民日報》（二十四日）。

散文《斯德哥爾摩雜記》，刊於《文藝報》第十四號。

作《〈腐蝕〉後記》，後附於九月人民文學出版社出版的《腐蝕》。

十五日，在中國作協、劇協等團體在北京舉行的契訶夫逝世五十週年紀念大會上作報告——《偉大的現實主義作家契訶夫》，後刊於本月人民文學出版社出版的《紀念契訶夫專刊》。

八月

十九日，在全國文學翻譯工作會議上作《爲發展文學事業和提高翻譯質量而奮鬥》的報告，刊於《譯文》十月號。

當選爲全國人大代表，出席了第一屆全國人民代表大會第一次會議。

九月

《在第一屆全國人民代表大會第一次會議上的發言》，刊於《人民日報》（二十七日）。

十月

散文《天安門的禮炮》，刊於《人民文學》第十期。

十一月

《致亞·特拉登堡七十壽辰賀電》，刊於《文藝報》第二十二號。

十二月

二日，中國科學院院務會議和中國作家協會主席團舉行聯席會議，決定聯合召開批判胡適思想的討論會。茅盾被聯席會議推定爲委員會的委員。

八日，在全國文聯和作協主席團擴大聯席會議結束時作題爲《良好的開端》的講話，刊於《人民日報》（九日）和《文藝報》第二十三、二十四號合刊。

十一日，主持中國作協舉行的我國偉大的現實主義作家吳敬梓逝世二百週年紀念會，並致開幕詞，題爲《吳敬梓先生逝世二百週年紀念會的開幕詞》，刊於《光明日報》（十二日）。

《給〈第二次全蘇作家代表大會〉的賀電》，刊於《人民日報》（十六日）。

《在中國人民政治協商會議第二屆全國委員會上的發言》，刊於《人民日報》

（二十四日）。

〔重要紀事〕

二月

中共中央舉行七屆四中全會，揭露、批判了高崗、饒漱石的反黨分裂活動，並通過了《關於增強黨的團結的決議》。

三月

文化部召開第四次全國文化工作會議，總結了一九五三年的工作，討論了當前文化工作的方針任務和一九五四年工作計劃。

五月

中國人民對外文化協會正式成立。

六月

三日，中華全國總工會、中國作家協會聯合召開在京作家及文藝工作者座談會，座談文藝創作如何表現工業建設和文藝工作者下廠礦體驗生活等問題。

七月

胡風向黨中央提出關於文藝問題的三十萬字「意見書」。

九月

十五日，第一屆全國人民代表大會第一次會議在北京開幕。二十日通過中華人民共和國憲法。毛澤東當選為國家主席，朱德為副主席，劉少席為全國人大常委會委員長。大會任命周恩來為國務院總理。

十月

全國文聯召開全國委員會會議，討論一年來文藝創作的領導和文藝批評中所存在的問題。

全國展開了對《〈紅樓夢〉研究》中胡適派主觀唯心論、形而上學和煩瑣哲學的批判。

中國人民志願軍七個師全部返回祖國。

二十七日，中國文聯、對外文協等團體在北京舉行世界文化名人、英國偉大現實主義作家亨利‧菲爾丁逝世二百週年紀念會。

一九五五年（乙未）五十九歲

二月

政論《必須禁止原子武器》，刊於《文藝報》第四號。

三月

評論《必須徹底地全面地展開對胡風文藝思想的批判》，刊於《人民日報》
（八日）、《文藝報》第五號。該文後來收入《胡風文藝思想批判論文匯集》
第四集（作家出版社出版）。評論《關於人物描寫的問題》和《關於文藝創
作中一些問題的解答》，同時刊於《電影創作通訊》第十六期。

四月

在文化部、文聯、劇協聯合主辦的「梅蘭芳、周信芳舞臺生活五十年紀念
會」上，以文化部部長身份授給梅蘭芳、周信芳榮譽獎狀。

五月

五日，在中國文聯、對外文協等聯合舉辦的世界文化名人席勒、密茨凱維
奇、孟德斯鳩、安徒生紀念大會上，作題為《為了和平、民主和人類的進
步事業》的報告，報告摘要刊於《人民日報》（七日）。

六月

經國務院批准，與周揚、何其芳等任哲學社會科學學部常務委員會委員。

十三日，作評論《紀念秋白同志，學習秋白同志》，刊於《人民日報》（十
八日）。

雜論《提高警惕，挖盡一切潛藏的敵人》，刊於《人民日報》（十五日）。

七月

一日，世界和平理事會開會，當選為理事會常務委員。

《在第一屆全國人民代表大會第二次會議上的發言》，刊於《人民日報》（二
十五日）。

《在通過第一個五年計劃草案會議上的發言》，刊於《人民日報》（二十五
日）。

《向持久和平和友好合作的道路前進——關於赫爾辛基世界和平大會的情
況和成就的報告》，刊於《人民日報》（二十八日）。

八月

十二日，作評論《把鬥爭進行到底並在鬥爭中獲得鍛煉》，後刊於《人民文

學》九月號。

十一月

《文化藝術工作者必須把自己的創造勞動和文字改革工作相結合——在全國文字改革會議上致詞》，刊於《光明日報》（二十三日）。

十二月

《茅盾短篇小說選集》，由人民文學出版社出版，內附《後記之後記》。

《腐蝕》，由人民文學出版社出版。

是年

1955 年至 1958 年間，利用工作之暇，就資本主義工商業社會主義改造題材，寫了一個小說大綱和部分章節初稿，自己感到不太滿意，後於 1970 年銷毀。

〔重要紀事〕

一月

中共中央批轉中宣部《關於開展批判胡風思想的報告》。次月，作協主席團舉行擴大會議，決定開展對胡風文藝思想的批判。《文藝報》第一、二號將胡風的「意見書」作爲附錄發表。

三月

中共中央召開全國代表會議，通過了《關於中華人民共和國發展國民經濟的第一個五年計劃草案的決議》、《關於高崗、饒漱石反黨聯盟的決議》和《關於成立黨的中央和地方監察委員會的決議》。

五月

《人民日報》連續發表（十三日至六月十日）三批《關於胡風反革命集團的材料》，毛澤東爲這些材料寫了序言和編者按語。在揭批胡風同時，全國範圍展開了肅反運動。

全國文聯和作協主席團舉行聯席擴大會議，決定開除胡風的作協會籍及其所任的一切職務。

八月

二十九日，中國劇協副主席、著名劇作家洪深在北京逝世。

十月

中共中央舉行七屆六中全會，一致通過了《關於農業合作化問題的決議》。

一九五六年（丙申）六十歲

一月

評論《沸騰的生活和詩——迎接第一次全國青年文學創作者會議》，刊於《文藝學習》第一期。

二月

《在中國人民政治協商會議第二屆全國委員會第二次會議上的發言》，刊於《人民日報》（六日）。

擔任中國亞洲團結委員會副主席職務。

二十七日至三月六日，在北京舉行的中國作協第二次理事會（擴大）上致開幕詞並作《培養新生力量，擴大文藝隊伍》的報告，後刊於《文藝報》第五、六號合刊。

三月

在作協和青年團中央聯合召開的全國青年文學創作者會議上作《關於藝術的技巧》的講演，後刊於《中國青年報》（十八日），《文藝學習》第四期。初收一九五九年一月作家出版社版《鼓吹集》。

三至四月

在三月一日至四月二十日文化部舉辦的第一屆全國話劇觀摩演出大會上，以部長身分作了報告。

四月

評論《世界作家的「圓桌」上的發言》，刊於《譯文》四月號。

十九日，作雜論《您永遠活在我們的記憶中》，後刊於《解放軍文藝》五月號。

二十三日，在北京舉行的全國文化先進工作者會議上，致開幕詞，刊於《光明日報》（二十六日）。

五月

《致法捷耶夫逝世唁電》和《悼亞·法捷耶夫——文化戰士與和平戰士》，同刊於《文藝報》第十號。

十六日，與郭沫若分別致電蘇聯作家協會，弔唁蘇聯著名作家法捷耶夫逝世。

十七日，作散文《中國人民的親熱的朋友》。此文未發表過。「朋友」係指捷克作家、曾任捷駐華大使的魏斯科普夫。他卸任後離捷克，到東德從事文化活動，入東德國籍。曾寫過數本介紹新中國的書。

二十六日，在北京舉行的世界文化名人迦梨陀安、海涅、陀思妥也夫斯基紀念大會上，作《不朽的藝術師都是爲了和平與人類的幸福》的報告，報告摘要刊於《人民日報》（二十八日）。

二十七日，作《「關於藝術技巧」的通信》，後刊於《文藝學習》第七期。

六月

五日，作評論《爲〈志願軍一日〉而歡呼》，後刊於《解放軍文藝》九月號。

雜論《盲從和起哄》，刊於《新觀察》第十二期。

在第一屆全國人民代表大會第三次會議上的發言《文學藝術工作中的關鍵性問題》，刊於《人民日報》（二十日）。

七月

評論《關於田間的詩》，刊於《人民日報》（一日）。評論《對於「鳴」和「爭」的一點小意見》，刊於《人民日報》（十四日）。《祝中國兒童劇院成立——在中國兒童劇院成立大會上的講話》，刊於《戲劇報》第七期。十五日，作評論《從「找主題」說起》，後刊於《人民文學》八月號。

雜論《關於要求培養》，刊於《新觀察》第十三期。雜論《談「獨立思考」》，刊於《人民日報》（三日）。

二十日，作雜論《揭露矛盾時的「矛盾」》，後刊於《新觀察》第十五期。

二十七日，在中國文聯、劇協等在北京舉行的愛爾蘭偉大劇作家蕭伯納誕生一百週年與挪威偉大劇作家易卜生逝世五十週年紀念會上致開幕詞。

九月

一日，參加首都舉行授予齊白石世界和平理事會國際和平獎金的授獎儀式。

二十一日，作評論《如何更好地向魯迅學習？》，後刊於《文藝月報》十月號。

魯迅逝世二十週年紀念報告會開幕詞《研究魯迅，學習魯迅》，刊於《人民日報》（二十二日）。

十月

《在魯迅遷葬儀式上的講話》，刊於《解放日報》（十五日）。

評論《中日文化交流的進一步發展》，刊於《大眾電影》第十期。

十九日，在北京舉行的魯迅逝世二十週年紀念大會上作《魯迅——從革命民主主義到共產主義》的報告，刊於《文藝報》第二十號附冊。報告主要通過魯迅的文學創作，概括地論述了魯迅一生的思想發展過程：五四以前，作為愛國主義、進化論者的魯迅，他的注意力主要放在揭示因封建主義、帝國主義文化侵略所造成的「國民性」的痼疾上，代表作便是《狂人日記》。五四以後至一九二六年，魯迅還是革命民主主義的進化論者，這時與五四前不同之處在於除繼續信奉進化論外，還「『擠』進了新的東西——階級鬥爭的理論」。不足之處仍是強調國民的弱點多，對本質、先進一面估計不足。反映這時期思想的作品是《阿Ｑ正傳》和散文詩《野草》。一九二七年以後，魯迅由革命民主主義轉向共產主義，他在集中學習馬列著作中在批判各種唯心論的鬥爭中進一步提高了自己。這時期作品以雜文為代表。

十二月

中國作協主席團舉行會議，改選書記處，茅盾任第一書記。

《答一個業餘寫作者》，刊於《文藝學習》第十二期。

十二日，作《漫談編輯工作》，後刊於《文藝月報》一九五七年一月號。

雜論《進一步加強中德文化合作——為慶祝中德友好合作條約簽訂一週年而作》，刊於《人民日報》（十五日）。

與周揚、老舍率領中國作家代表團出席二十三至二十八日在印度新德里召開的亞洲作家會議。

〔重要紀事〕

一月

中共中央召開關於知識份子問題會議，周恩來作了《關於知識份子問題的報告》，指出知識份子中的絕大部分「已經是工人階級的一部分」，「他們是社會主義建設事業中一支偉大的力量」。

二十五日，最高國務會議召開，討論並通過了《一九五六年到一九六七年全國農業發展綱要草案》（即農業四十條）。

二月

十四日至二十五日，蘇聯共產黨在莫斯科舉行第二十次代表大會，大會期間，蘇共中央書記赫魯曉夫作了全盤否定斯大林的「秘密報告」。

四月

二十五日，毛澤東發表《論十大關係》的講話，提出了探索適合中國國情的社會主義建設道路的任務。

九月

十五日至二十七日，中共第八次全國代表大會在北京舉行。政治報告指出：「改變生產資料私有制爲社會主義公有制這個極其複雜和困難的歷史任務，現在在我國已經基本完成了。我國社會主義和資本主義誰戰誰勝誰的問題，現在已經解決了。」國內的主要矛盾已經不再是無產階級和資產階級的矛盾，全國人民的主要任務是集中力量發展社會生產力，實現國家工業化，滿足人民的經濟文化要求。

十二月

一些報刊開始對何直（秦兆陽）的《現實主義──廣闊的道路》展開批判。

一九五七年（丁酉）六十一歲

一月

以出席亞洲作家會議的中國作家代表團團長的身分發表《關於亞洲作家會議時對「光明日報」記者談話》，後刊於《光明日報》（二十七日）。

三月

評論《貫徹「百花齊放，百家爭鳴」，反對教條主義和小資產階級思想》，刊於《人民日報》（十八日）。

十九日，作評論《雜談短篇小說》，後刊於《文藝報》（週刊）第五期。

四月

《在一九四九──一九五五年優秀影片授獎大會上的講話》，刊於《人民日報》（十二日）。

在中國作家協會創作規劃座談會上的結束語《關於創作規劃及其他》，刊於《文藝報》（週刊）第一期。

爲紀念《在延安文藝座談會上的講話》發表十五週年，十四日，作評論《在已有的基礎上繼續努力》，刊於《人民文學》五、六月號。評論《創造出更多更好的社會主義的民族新電影——在優秀影片授獎大會上的講話》，刊於《中國電影》第四期。

二十日，中國作家協會所屬各刊物《文藝報》、《人民文學》等編輯開會，討論學習毛澤東在最高國務會議和全國宣傳工作會議上的講話，茅盾、周揚等對大家提出的問題發表了意見。茅盾的發言後刊於《作家通訊》第一期，題爲《在編輯工作座談會上的發言》。

《致張光年信》，刊於《文藝報》（週刊）第三期。

五月

《中國畫院成立祝詞》，刊於《人民日報》（十五日）。

《在四月三十日、五月六日中國作家協書記處召開的北京文學期刊編輯座談會上的發言》，刊於《人民日報》（九日）。《在中國作家協會書記處召開的北京文學期刊編輯座談會上的結束語》，刊於《人民日報》（十日）。

《關於〈世界短篇小說大系〉體例問題的信》，轉引自趙家璧：《編輯憶舊——關於世界短篇小說大系》，刊於《人民日報》（十七日）。

十八日，作《毛主席「在延安文藝座談會上的講話」發表十五週年紀念會上的發言》，刊於《人民日報》（二十三日）。

六月

《在作協整風會上的發言》，刊於《文藝報》（週刊）第十一期。

評論《「放」，「鳴」和批判》，刊於《人民日報》（十七日）；《百花齊放，百家爭鳴和知識份子的思想改造》，刊於《文匯報》（二十六日）。

七月

五日，作《〈譯文·亞洲文學專號〉前言》，刊於《譯文》八月號。

十二日，作評論《一幅簡圖——中國文學的過去、現在和遠景》。《關於文化工作的幾個問題——在第一屆全國人代大會第四次會議上的發言》，刊於《人民日報》（十五日）。評論《兩個問題》，刊於《中國青年》第十四期。

十九日，作《必須加強文藝工作中的共產黨領導！》，刊於《文藝報》第十七號。《從「眼高手低」談起》，刊於《詩刊》第七期。

八月

三日，在中國作協黨組擴大會上作《洗心革面，過社會主義關！》的發言，刊於《文藝報》第二十號。

十二日，作評論《關於寫真實和獨立思考》，刊於《中國青年報》（十六日）。

十四日，作評論《公式化、概念化如何避免？——駁右派的一些謬論》，後刊於《文藝學習》第九期。

九月

六日，作評論《劉紹棠的經歷給我們的教育意義》，刊於《中國青年》第十八期。

十七日，在中國作協黨組擴大會議上作《明辨大是大非，繼續思想改造》的發言，刊於《人民日報》（二十九日），《文藝報》（週刊）第二十五期。

二十二日，參加齊白石的公祭儀式。

雜論《歡迎柬埔寨文化藝術代表團》，刊於《人民日報》（二十九日）。

十月

三日，為紀念十月革命四十週年，作《社會主義現實主義永遠勝利前進》，後刊於《文藝報》（週刊）第三十期。

六日，作雜論《蘇聯發射出人造衛星》，刊於《人民日報》（七日）。

十一日，作《我們要把劉紹棠當作一面鏡子》的講話，刊於《人民日報》（十七日），《文藝報》第二十六號。

十一月

二日至二十五日，與宋慶齡、郭沫若隨同毛澤東率領的中國代表團，到莫斯科參加十月革命四十週年慶典（六月）和各國共產黨工人黨代表會議（十七日、十八日）。期間，還以中國文化代表團團長的身份率領團員與蘇聯有關方面進行了文化交流。

十二月

十日，作散文《我們熱愛烏克蘭》。

二十九日，作評論《答 JUGOPRES 提出的三個問題》。

是年

在北京勞動人民文化宮「書市」與讀者見面。

〔重要紀事〕

一月

在中共中央召開的各省、市、自治區黨委書記會議上，毛澤東分析和考察了在生產資料所有制的社會主義改造基本完成以後，中國社會存在的人民內部和敵我之間的矛盾。陳雲在會上提出「建設規模要和國力相適應」，「要重視研究國民經濟的比例關係」，力求作到財政、信貸、物資三大平衡的思想。

二月

二十七日，毛澤東在最高國務會議上作《關於正確處理人民內部矛盾的問題》的報告。

三月

六日至十三日，中共中央在北京召開了有黨外人士參加的全國宣傳工作會議。會上毛澤東作了重要講話，繼續強調貫徹「百花齊放，百家爭鳴」的方針。

四月

二十七日，中共中央發布了《關於整風運動的指示》。

六月

六日，中國作協召開黨組擴大會第一次會議。自本月至九月，連續舉行多次擴大會，批判丁玲、陳企霞、馮雪峰、艾青等。

八日，中共中央發出《組織力量反擊右派份子的猖狂進攻的指示》，《人民日報》發表《這是為什麼》社論，號召開展反右鬥爭。全國反右運動開始，至一九五八年夏基本結束。

七月

十二日，《人民日報》發表《扭轉〈文藝報〉的資產階級傾向》一文。

九月

九月二十日至十月十九日，中共八屆三中全會（擴大）在北京舉行。會議否定了黨的「八大」關於當前我國社會主要矛盾的正確分析，而認為「無產階級和資產階級的矛盾，社會主義道路和資本主義道路的矛盾」，是當前我國社會的主要矛盾。

十六日，中國美協主席、國畫大師齊白石逝世，終年九十七歲。

十一月

二日至二十一日，毛澤東率領中國代表團訪問蘇聯，參加十月革命四十週年慶祝大會。訪蘇期間還出席了社會主義國家共產黨和工人黨代表會議以及六十四個共產黨和工人黨代表會議，並在兩個會議的宣言上簽了字。

一九五八年（戊戌）六十二歲

一月

六日，作評論《關於所謂寫真實》，刊於《人民文學》二月號。

長篇文論《夜讀偶記——關於社會主義現實主義及其他》，刊於本年《文藝報》第一、二、八、九、十期。全文共六萬餘字，始寫於一九五七年九月，完成於一九五八年四月，同年八月由天津百花文藝出版社出版單行本，並附「前記」、「後記」。

這篇長文具有重大的理論和實踐意義，是作者在長期研究中外文學的創作實踐中形成的文藝思想和文藝理論的結晶。文中以中國文學和歐洲文學發展的大量事實，主要論證了以下幾個問題：現實主義自古有之，中外文藝的發展中始終貫穿著現實主義和反現實主義的鬥爭；古典主義、浪漫主義和批判現實主義產生的社會歷史條件、特點、局限性及其理論基礎；社會主義現實主義的思想、階級基礎和表現特點；未來主義和現代派等形形色色唯心主義、形而上學流派的特點；創作方法和世界觀的關係等。

從論述中可以看出：（1）作者具有淵博的文史知識和深厚的馬列主義修養，因此能高瞻遠矚、旁徵博引，析理透徹，根據充分，說服力強。（2）文章捍衛了現實主義的光輝傳統，對各種反現實主義的流派作了無情的批判和鞭撻；從廣義講，現實主義不僅僅是一種創作方法，更主要的是一個創作原則，它要求作家站仕人民大眾的立場上，真實深入地反映現實、揭示生活本質，離開現實主義的這一根本原則，高談什麼「創新」、「趕潮流」，都會把文藝引向邪道。

《夜讀偶記》也可以說是一部不可多得的精煉的馬克思主義世界文學史。

二月

《電唁日本作家德永直逝世》，刊於《人民日報》（十七日）。

三月

《茅盾文集》第一、第二卷由人民文學出版社出版。第一卷收入中篇小說《蝕》三部曲，卷後附有作者的《寫在〈蝕〉的新版的後面》一文；第二卷收入長篇小說《虹》、中篇小說《路》、《三人行》，卷後附錄《〈茅盾選集〉自序》。

十二日，作評論《如何保證躍進——從訂指標到生產成品？》，後刊於《人民文學》四月號。

五月

《茅盾文集》第三、第四卷出版。第三卷收入長篇小說《子夜》，卷後仍附作者介紹《子夜》創作經過的「後記」；第四卷收入中篇小說《多角關係》和長篇小說《第一階段的故事》，《第一階段的故事》後附有作者的「新版的後記」。

四日，作評論《工人詩歌百首讀後感》，刊於《詩刊》五月號。十二日，作評論《談最近的短篇小說》，刊於《人民文學》六月號。該文於七月由作家出版社出單行本，書後附作者六月十五日在哈爾濱寫的「附記」，作補充說明；並附有文章著重分析的七個短篇小說。

六月

八日至七月八日，至東北視察工作，重點是業餘文藝活動。

十日，在中國作家協會瀋陽分會座談會上作《關於革命浪漫主義》的發言，後發表於《處女地》八月號。

十八日，在黑龍江省文聯召開的工農業餘創作會議上作重要報告，發表於當天《黑龍江日報》第一版，後又刊於《北方》八月號，題為《在黑龍江工農業餘作者座談會上的講話》。

七月

《茅盾文集》第五卷出版，收入長篇小說《腐蝕》和中篇小說《劫後拾遺》，卷後附作者補寫的「後記」。

一日，作評論《試談短篇小說》，後刊於《文學青年》八月號。《談青年業餘創作——在瀋陽市青年業餘作者大會上的講話》，刊於《文學青年》七月號。

十九日，作政論《我們全力支持阿拉伯人民的正義鬥爭》，刊於《文藝報》

第十四期。

八月

在長春市文藝界大會上的講話《文藝和勞動相結合》，刊於《長春》八月號，後發表於《文藝報》第十八期時作了部分修改。

《我們的心緊緊連結在一起》（中國作協主席茅盾的回信），刊於《人民日報》（七日）。這是給伊拉克共和國作家的覆信，伊拉克作家們曾寫了《給中國作家們的信》。

七律《觀北昆劇院演〈紅霞〉》（二首），刊於《人民日報》（十二日）。七律《曲藝會演片斷》（四首），刊於《人民日報》（十六日）。

散文《躍進中的東北——長春南關行》，刊於《人民日報》（二十日）；《延邊——塞外江南》，刊於《人民日報》（二十六、二十七日）。

九月

《茅盾文集》第六卷出版，收入長篇小說《霜葉紅似二月花》、劇本《清明前後》。卷後附作者為這部小說所寫的「新版後記」和為劇本所寫的「後記」。

散文《躍進中的東北——北地牡丹越開越艷》，刊於《人民日報》（一、二日）；《躍進中的東北——哈爾濱雜記》，刊於《人民日報》（三、四、五、六日）；《躍進中的東北——群眾文藝運動在瀋陽》，刊於《人民日報》（十日）。

二日，作評論《關於〈黨的女兒〉》，刊於《大眾電影》第十八期。《〈談最近的短篇小說〉附記》，刊於人民文學出版社出版的《百合花》。

政論《為了亞非人民的友誼和團結》，刊於《譯文》九月號。《為粉碎美國軍事挑釁而抗議的題詞》，刊於《新文化報》第九期。

十一日，在中央文化部部務會議上作《文藝大普及中的提高問題》的報告，後發表於《新文化報》（十六日）。

十七日，在中國文聯主席團擴大會議上作開場白《新形勢與新任務》，後刊於《新文化報》第二十一期（十一月）。

十月

七日，率領中國作家代表團出席在蘇聯塔什干召開的亞非作家代表會議。在會上作《為民族獨立和人類進步事業而鬥爭的中國文學》的報告，發表於《人民日報》（十三日），《文藝報》第十九期。

評論《祝亞非作家會議》，刊於《人民文學》十月號。《在慶祝亞非作家會議勝利閉幕的群眾大會上的講話》，刊於《人民日報》（十四日）。

散文集《躍進中的東北》由作家出版社出版，收入《長春南關行》等有關東北的見聞五篇。

十一月

短文《悼鄭振鐸副部長》刊於《新文化報》第十九期。

作七言古詩《悼鄭振鐸副部長》（二首），刊於《詩刊》十一月號，後收入《茅盾詩詞》時改題爲《挽鄭振鐸》。

二日，作雜論《崇高的使命和莊嚴的呼聲》，後刊於《世界文學》一九五一年一月號。

十二月

作散文《新年話家常》（爲蘇聯而寫，沒有發表過）。

散文《牡丹江畔蒸蒸日上的建設熱潮》，刊於本日日文版《人民中國》。

是年

因兼職太多，工作太忙，向作協辭去《譯文》主編的職務。

〔重要紀事〕

一月

《文藝報》第二期對《三八節有感》、《野百合花》等再次進行批判。

三月

中國作協書記處討論《文學工作大躍進三十二條》。

文化部召開第一次全國藝術科學研究座談會。

十日，著名京劇藝術家程硯秋病逝。

五月

中國共產黨第八次全國代表大會第二次會議在北京舉行。大會通過了中共中央根據毛澤東的倡議而提出的「鼓足幹勁、力爭上游、多快好省地建設社會主義」的總路線，並根據毛澤東的意見改變了「八大」一次會議關於國內主要矛盾已經轉變的基本分析，認爲當前我國社會的主要矛盾仍然是無產階級同資產階級、社會主義道路和資本主義道路的矛盾，這就爲階級鬥爭擴大化提供了理論根據。

三日，《人民日報》發表《現實主義還是修正主義》一文，批判何直的《現實主義——廣闊的道路》。

六月

中國文聯、劇協等團體在北京舉行「元代偉大戲劇家關漢卿戲劇創作七百週年紀念」。

二十二日，南社著名詩人柳亞子逝世。

八月

中共中央政治局在北戴河舉行擴大會議，會上確定了一批工農業生產的高指標，決定一九五八年的鋼產量要比上年翻一番，還決定在農村普遍建立人民公社。會後在全國很快形成了全民煉鋼和人民公社化運動的高潮，使得以高指標、瞎指揮、浮誇風和「共產風」爲主要標誌的「左」傾錯誤嚴重地泛濫開來。

九月

中國文聯主席團舉行擴大會議，號召全國文藝工作者大力推動群眾的創作運動和批評運動，增強文藝的共產主義思想性，用共產主義精神教育廣大人民。

本月起至十月，各地報刊連續刊文，對革命現實主義和革命浪漫主義相結合的創作方法展開了熱烈討論。

十月

十七日，著名學者、文學家鄭振鐸出國訪問，因飛機在蘇聯失事而罹難。

十一月

中共八屆六中全會召開，通過了《關於人民公社若干問題的決議》

一九五九年（己亥）六十三歲

一月

《新年祝詞》，刊於《新文化報》第三十一期（一日）。

七言古詩《觀朝鮮藝術團表演偶成》二首：一、《扇舞》，二、《珍珠舞姬》，刊於《新觀察》第一期。

雜論《慶祝蘇聯人民偉大的科學成就》，刊於《中國青年報》（五日）；六日，作雜論《給全世界人民的喜訊》，刊於《新文化報》（七日）。

十日，作評論《短篇小說的豐收和創作上的幾個問題》，後刊於《人民文學》二月號；二十七日，作評論《漫談文學的民族形式》，後刊於《人民日報》（二月二十四日）。

論文集《鼓吹集》由作家出版社出版，收入作者建國十年（一九四九年～一九五八年）以來的文學論文四十二篇，卷末附有作者一九五八年十一月十一日所寫的「後記」。

《〈文藝大普及中的提高問題〉附錄的附記》，收入《鼓吹集》。

二月

五日，作評論《怎樣評價〈青春之歌〉？》，刊於《中國青年》第四期。該文分析了《青春之歌》的思想性、藝術成就和存在的缺陷，言簡意賅、全面中肯，不僅澄清了廣大讀者尤其是青年讀者在《青春之歌》評價上的認識混亂，而且為文學作品的科學分析、評價樹立了範例。

十八至二十七日，在作協召開的創作工作座談會上作《創作問題漫談》的發言，對一年來的創作進行了回顧，在肯定成績的同時，指出了對為中心工作、為生產服務的片面理解的錯誤傾向，和創作上題材狹隘，因誤解革命浪漫主義所產生的浮誇和空想等缺點。該文後發表於《文藝報》第五期，《文學知識》第三期。

雜論《願月圓人壽，光明的更光明，不朽的永遠不朽！》，刊於《人民日報》（二十三日）。

三月

《茅盾文集》第七卷出版。該卷共分兩輯，收入作者一九二八至三三年寫的短篇小說《創造》、《春蠶》等十八篇，書後寫有「後記」。

一日，作評論《敬祝蘇聯第三次作家代表大會勝利成功！》，刊於《世界文學》三月號。

四日，作評論《〈潘虎〉等三篇作品讀後感》，後刊於《解放軍文藝》四月號。

十四日，作《關於文學研究會》，後刊於《文藝報》第八期。

二十九日，作評論《推薦好書還須好文章》，後刊於《多讀好書》第一輯。

評論《歌雄心更雄》，刊於《草原》本月號。

四月

十一日，《文藝報》第七期報導，中國與亞非作家常設事務局聯絡委員會成

立，茅盾當選爲該委員會主席。

十四日，中國保衛世界和平委員會與中國文聯等團體在京舉行世界文化名
人——德國作曲家喬·佛·亨德爾逝世二百週年紀念會，茅盾致開幕詞。

作《部隊短篇小說創作座談會上的講話》，後刊於《解放軍文藝》八月號。

《在第二屆全國人民代表大會第一次會議上的發言》和政論《東風不久即將
吹散飄在喜馬拉雅山頂的一片烏雲，印度野心家的陰謀一定要落空》，同刊
於《人民日報》（二十五日）。

五月

評論《堅決完成社會主義文化革命》，刊於《中國青年報》（四日）。《在蘇
聯作家第三次代表大會上的祝詞》，刊於《人民日報》（二十日）。

六月

《茅盾文集》第八卷出版。本卷共分兩輯，收入一九三四至一九四四年所寫
短篇小說《擬「浪花」》和《耶穌之死》等二十四篇，卷後附作者新寫的「後
記」一則。

評論《文學創作工作座談會議的發言》，刊於《作家通訊》第四期。

《茅盾選集》由人民文學出版社出版，收入一九三〇年以來所寫短篇小說十
八篇、雜文五十餘篇，書內附五月十二日所作「序言」。

七月

政論《中波友誼，萬古長青——慶祝波蘭人民共和國國慶十五週年》，刊於
《人民日報》（二十二日）。

九月

二十日，作評論《從已經獲得的鉅大成就上繼續躍進》，刊於《文藝報》第
十八期。

十月

雜論《塔什干精神萬歲》，刊於《人民日報》（七日）。

評論《新中國社會主義文化藝術的輝煌成就》，刊於《人民日報》（九日）。

十一月

十三日，作評論《關於阿Q這個典型的一點看法——給一位論文作者的信》，
後刊於《上海文藝》一九六〇年十月號。

十九日，作評論《從創作和才能的關係說起》，後刊於《人民文學》十二月號。

二十日，出席首都文藝界紀念德國偉大詩人席勒誕生二百週年的集會。

十二月

二十日，作評論《契訶夫的時代意義》，後刊於《世界文學》一九六○年一月號。

是年

作長篇評論《文化戰線上取得的勝利──應「蘇維埃俄羅斯報」之請而作》。

一九五九年、一九六○年著手創作一部反映建國後民族資產階級改造的長篇小說，未完，未發表。

〔重要紀事〕

四月

中共八屆七中全會在上海召開，會議討論和通過了一九五九年國民經濟計劃草案，檢查了人民公社的整頓工作，補充規定人民公社實行生產小隊的部分所有制。

五月

三日，周恩來邀請人大代表、政協委員中的部分文藝界代表和委員以及在京的部分文藝工作者，舉行座談會，並在會上作了《關於文化藝術工作兩條腿走路的問題》的講話。

四日，首都舉行五四運動四十週年紀念大會。

六至七月

周揚等在北戴河開會，討論改進文藝工作的方案，提出了文藝工作中的十個問題（即「文藝十條」）。

七至八月

中共中央在廬山先後舉行了政治局擴大會議和八屆八中全會。會議原擬糾正「左」傾錯誤，總結經驗，由於彭德懷針對一九五八年以來的「左」傾錯誤給毛澤東寫了一封信，被認為是向黨進攻，因而在會議後期開展了對彭德懷等人的所謂「反黨集團」的鬥爭，會後便在全黨開展了一場「反右傾」鬥爭。

九月

《文藝報》十八期對十年來中國文學事業的迅猛發展作了統計：作協會員由

四百零一人增至三千一百三十六人，作協各地分會由八個增至二十三個，文藝刊物由十三種增至八十六種，文學作品創作種數由一百五十六種增至二千六百種，少數民族文學作品由一種增至五十一種，文學作品發行總數由二百餘萬冊增至三千九百餘萬冊。

一九六○年（庚子）六十四歲

一月

評論《推薦的話》和題字《蘇聯文學是中國人民的良師益友》，同刊於《蘇聯文學是中國人民的良師益友》。

二月

九日，在首都各界舉辦的世界文化名人契訶夫誕生一百週年紀念會上作《偉大的現實主義者契訶夫》的報告，後刊於《戲劇報》第三期。

二十二日，主持中國文聯等主辦的世界文化名人蕭邦誕生一百五十週年紀念會。

《中國作家協會主席茅盾給蘇聯作家協會第一書記費定的賀電》，刊於《世界文學》二月號。

四月

評論《為實現文化藝術工作的更大更好的躍進而奮鬥——在第二屆全國人民代表大會第二次會議上的發言》，刊於《人民日報》（五日）。

五月

《嚴厲譴責美國侵略蘇聯和破壞四國首腦會議——中國作家協會主席茅盾致電蘇聯作家協會理事會第一書記費定》，刊於《世界文學》五月號，又見於《文藝報》第十期。

七月

本月至八月，被選為第三次全國文代會產生的文聯副主席、作協主席。在文代會上作《反映社會主義躍進的時代，推動社會主義時代的躍進》的報告，報告摘要刊於《人民日報》（七月二十五日）。全文於十月由人民文學出版社出版單行本。

政論《榮譽歸於共產黨》，刊於《人民日報》（二十四日）。

《答讀者問》，刊於《語文教學》七月號。

八月

政論《徹底地揭露美國帝國主義的假面目》，刊於日文版《人民中國》第八號附錄。

十月

《在緬甸聯邦電影週開幕式上的講話》，刊於《大眾電影》第十九期。

十一月

在世界文化名人俄國偉大作家列‧托爾斯泰逝世五十週年紀念大會上，作《激烈的抗議者，憤怒的揭發者，偉大的批判者》的報告，刊於《世界文學》十一月號。

《在慶祝十月社會主義革命四十三週年電影週開幕式上的講話》，刊於《電影藝術》十一月號。

政論《中緬友誼萬古長青——為「緬甸聯邦電影週」而作》，刊於《電影藝術》十一月號。

〔 **重要紀事** 〕

一月

七日至十七日，中共中央在上海舉行政治局擴大會議。會議提出了八年完成人民公社從基本隊有制過渡到基本社有制的設想。

《文藝報》、《文學評論》以及一些報刊開始了對巴人、錢谷融等關於「人道主義」、「人性論」的批判。

三月

《文藝報》、《文學評論》編輯部召開紀念左聯成立三十週年座談會。

四月

二十二日，列寧誕生九十週年。《紅旗》雜誌第八期發表了《列寧主義萬歲》一文。

二十六日，首都文藝界集會，紀念世界文化名人挪威劇作家比‧比昂遜逝世五十週年。

六月

二十四至二十六日，社會主義國家共產黨和工人黨代表會議在布加勒斯特舉行。會議中赫魯曉夫帶頭對中國黨發動圍攻，中共代表團作了針鋒相對

的鬥爭。

七月

十六日，蘇聯政府突然照會我國政府，片面地決定撤走全部在華的蘇聯專家，同時撕毀幾百個中蘇簽定的合同和協定，停止供應重要設備。

二十二日至八月十三日，第三次全國文代會召開。

九月

二十九日，周揚在一次藝術工作座談會上傳達鄧小平指示：編一點歷史戲，使群眾多長一些智慧。十一月周揚召開歷史劇座談會，請吳晗負責編「中國歷史劇擬目」。

三十日，中共中央批轉經周恩來審定的國家計委黨組《關於一九六一年國民經濟計劃控制數字的報告》。報告中首次提出了「調整、鞏固、充實、提高」的八字方針。

三十日，《毛澤東選集》第四卷出版發行。

十一月

十一月上旬至十二月一日，八十一國共產黨、工人黨代表會議在莫斯科舉行。劉少奇、鄧小平率中共代表團參加了會議。會前，蘇共再一次向各國代表團散發了一封攻擊中共的信。中共代表團同蘇共代表團進行了針鋒相對的鬥爭。會議通過了《各國共產黨和工人黨代表會議聲明》（簡稱《莫斯科聲明》）。

一九六一年（辛丑）六十五歲

二月

十三日，作政論《兄弟友誼萬古長青——慶祝中蘇友好同盟互助條約簽訂十一週年》，刊於《文藝報》第二期。

《致費定的賀電》，刊於《文藝報》第二期。

四月

八日，在《文藝報》編輯部召開的「批判地繼承古代文藝理論遺產」座談會上發言。

茅盾等譯《比昂遜戲劇集》（挪威比昂遜）由人民文學出版社出版。

五月

十一日，作評論《一九六〇年短篇小說漫評》，刊於《文藝報》第四至第六期。

十四日，作評論《歡呼亞非作家會議東京緊急會議的勝利！》，刊於《世界文學》五月號。

十五日，主持中國文聯等聯合舉辦的世界文化名人——印度詩人羅·泰戈爾誕生一百週年紀念會，並致開幕詞。

二十四日，作散文《祝福你們——年青的一代》（爲蘇聯《消息報》世界一日作）。

六月

十八日，在中國作家協會等聯合舉辦的高爾基逝世二十五週年紀念會上致開幕詞。

二十三日，作評論《六〇年少年兒童文學漫談》，刊於《上海文學》六月號。

八月

十八日，與郭沫若、中拉友協分別電賀古巴藝術家代表大會。

三十日，在天津文藝界座談會上作《談文藝創作的五個問題》的講話，後刊於《河北文藝》十月號。

九月

二十五日，在首都文學藝術界和其他各界舉行的魯迅先生誕生八十週年紀念大會上，作《聯繫實際，學習魯迅》的報告，後刊於《人民日報》（二十六日）、《文藝報》九月號。

十月

長篇論文《關於歷史和歷史劇——從〈臥薪嘗膽〉的許多不同劇本談起》，連載於《文學評論》第五、六期，並於一九六二年十一月由作家出版社出單行本，書後附「後記」（作於一九六二年七月一日）。這是作者運用馬克思主義的觀點詳盡闡釋歷史和歷史劇——實際上也是歷史和歷史文學作品——關係的唯一的一部學術專著，書中並專門探討了春秋時吳、越兩國的歷史，對中國古典歷史劇作了比較、評價，它不僅對創作歷史劇和歷史作品具有重要的指導作用（在理論和實踐的結合上），而且對運用正確的立場、觀點、方法，全面地佔有資料，科學地研究中國古代歷史，樹立了傑

出的範例。

《茅盾文集》第九卷由人民文學出版社出版，收入作者自一九二八年至一九四二年間所寫的散文、雜文、遊記等共九十餘篇，分八輯。第八輯另撰「後記」一篇。

《西京插曲》附記、《泰嶺之夜》附記、《司機生活片斷》附記、《太平凡的故事》附記、《歸途雜拾》附記、《新疆風土雜憶》附記、《談迷信之類》補注、《風雪華家嶺》附記、《永恆的紀念與景仰》附記（均作於一九五八年十一月），同刊於《茅盾文集》第九卷。

二十八日，作評論《〈力原〉讀後感》，刊於天津《新港》總第二十六期。《力原》是李滿天的短篇小說。茅盾去天津，李滿天在接待中把自己的這篇新作送上求教，茅盾回京後很快就去了信，並附了這篇評論。

十一月

《茅盾文集》第十卷由人民文學出版社出版，收入作者一九四○年至一九四八年所作雜文、散文等三十餘篇，以及舊詩八首，並撰「後記」一篇（作於一九五九年十一月二十四日）附於書尾。

《學步者之招供》附記、《愛讀的書》（附「附記」）、《你往哪裡跑》楔子，均刊於《茅盾文集》第十卷。

十二月

《為周信芳演劇六十年紀念題詞》，刊於《戲劇報》第二十三、二十四期合刊。

是年

魏巍和錢小惠為了合寫《鄧中夏傳》，與鄧中夏的夫人夏明一起到茅盾家了解情況。茅盾介紹了鄧中夏和黨的初期活動等一些情況。

〔重要紀事〕

一月

十四日至十八日，中共八屆九中全會在北京召開。會議正式通過了「調整、鞏固、充實、提高」的八字方針，並決定在農村深入貫徹《十二條》，進行整風整社。

九日，吳晗寫的歷史劇《海瑞罷官》刊於《北京文藝》。

三月

中共中央在廣州舉行工作會議，毛澤東主持制定了《農村人民公社工作條例（草案）》（簡稱《農業六十條》）。

十日，首都文藝界集會，紀念世界文化名人謝甫琴科誕生一百週年。

六月

一至二十八日，中宣部召開全國文藝工作座談會，討論《關於當前文學藝術工作的意見（草案）》（即《文藝十條》的初稿）。《文藝十條》經修改後，一九六二年四月由中宣部正式定名爲《文藝八條》，下發全國貫徹執行。

十九日，周恩來同志在文藝工作座談會和故事片創作會議上作重要講話，闡述了藝術民主，解放思想，物質生產與精神生產，階級鬥爭與統一戰線，文藝規律，繼承遺產與創造等問題。

八月

八日，中國文聯副主席、著名京劇表演藝術家梅蘭芳逝世。

十月

應蘇共中央邀請，周恩來率中共代表團赴莫斯科參加蘇共第二十二次代表大會。會上，赫魯曉夫集團大反斯大林，攻擊中國共產黨。中共代表團進行了堅決鬥爭，並退出會議以示抗議。

一九六二年（壬寅）六十六歲

一月

作舊體詩《南海之行》，刊於《羊城晚報·花地》（十三日）。

二月

十二至十六日，率領中國作家代表團出席在開羅舉行的亞洲作家會議。在會上作《爲風雲變幻時代的亞非文學燦爛前景而祝福》的發言，發言摘要發表於《人民日報》（十四日）。

回國途經香港時曾作逗留。

《祝願——在全國話劇、歌劇、兒童劇創作座談會上的講話》，刊於《劇本》月刊二月號。

三月

在文化部、劇協召集的廣州會議上作了報告。

春

接到蒙族作家敖德斯爾寄贈的剛出版的中短篇小說集《遙遠的戈壁》後，
即親筆寫了覆信，熱情地鼓勵敖德斯爾更勇敢地投入新中國多民族的文學
隊伍行列。

四月

二十五日，作評論《學然後知不足》，刊於《人民文學》五月號。

六月

雜論《關於小學生學會拼音字母又回生的問題》，刊於《光明日報》（十三
日），又見於《文字改革》月刊第六期。

《最佳美術片〈小蝌蚪找媽媽〉的題詞》，刊於《大眾電影》第五、六期合刊。

七月

五日至十五日，閱讀蒙族作家瑪拉沁夫寄贈的新出版短篇小說集《花的草
原》，並寫了長達數千字的評論意見，於一九六三年初寄給作者。

《在爭取普遍裁軍與和平世界大會上的發言》，刊於《人民口報》（十二口）。

八月

二至十六日，在中國作協於大連召開的農村題材短篇小說座談會上作報
告，談了農村題材、人物創造和短篇形式等幾個問題。

九月

四日，作《〈鼓吹續集〉後記》。

十月

葉以群帶著葉子銘來看望茅盾。

評論《讀書雜記》，刊於《鴨綠江》十月號，文內附有作者八月十四日在大
連寫的小記。

十一月

二十日，作評論《讀〈老堅決外傳〉等三篇作品的筆記》，後刊於《文藝研
究》一九八一年第二期，轉載於《人民日報》（一九八一年五月二十二日）。

是年

李滿天到北京登門拜訪茅盾，談到從事文學創作之艱辛時，茅盾談了二十
年代他一人主編《小說月報》的忙碌情況。

〔重要紀事〕

一至二月

中共中央在北京召開擴大的中央工作會議（七千人大會）。劉少奇代表中央作了報告。毛澤東作了民主集中制問題的講話。

二月

十七日，周恩來對在京的話劇、歌劇、兒童劇作家講話，指出，自解放以來，「文藝運動的成績是第一位的，缺點是第二位的，文藝運動有很大發展，是螺旋式的上升。」

三月

二至二十六日，文化部、劇協在廣州召開話劇、歌劇、兒童劇創作座談會（即廣州會議），周恩來作了《關於知識份子問題的報告》，談了知識份子的地位，過去和現狀，如何團結知識份子、知識份子的自我改造等問題，重新肯定了我國絕大部分知識份子是屬於勞動人民的知識份子。

四月

朱德、陳毅、郭沫若、周揚等同詩人聚會探討現代詩歌創作問題。這次聚會由中國作家協會《詩刊》編輯部主持。

五月

二十三日，毛澤東《在延安文藝座談會上的講話》發表二十週年，北京、上海及各省、市文藝界舉行紀念會、報告會或座談會，全國各主要報刊都發表了社論。

九月

二十四日至二十七日，中共八屆十中全會在北京舉行。會議指出需要全黨團結一致，進一步貫徹「八字」方針，繼續調整國民經濟。毛澤東在會上作了「關於階級、形勢、矛盾和黨內團結問題」的講話，把社會主義社會中一定範圍內存在的階級鬥爭作了擴大化和絕對化的論述。

二十一日，著名藝術家、戲劇教育家歐陽予倩病逝。

一九六三年（癸卯）六十七歲

一月

《給一位青年作者》（附韓統良的信），刊於《北方文學》一月號。

二月

　　《〈花的草原〉——〈讀書雜記〉之四》，刊於《草原》二月號。《花的草原》係瑪拉沁夫短篇小說集。

三月

　　《〈渴〉及其它》，刊於《鴨綠江》三月號。此文係讀韶華作品的札記。

四月

　　二十六日，在全國文化局長會議上的講話《關於創作和評論問題》，後刊於文化部辦公廳編《文化動態》第十四期（九月）

五月

　　十三日，作散文《海南雜憶》，後刊於《人民文學》六月號。

八月

　　在首都各界歡迎亞非各國作家大會上，作《維護亞非文學運動的革命路線》的講話，刊於《人民日報》（十一日）。

十月

　　《短篇創作三題——答青年作者問》，刊於《人民文學》十月號，後收入《茅盾文藝評論集》時改題爲《關於短篇小說的談話》。

十一月

　　評論集《讀書雜記》，由作家出版社出版，收入《讀書雜記》、《致敖德斯爾的信》、《〈力原〉讀後感》、《致胡萬春》等篇。

十二月

　　評論《關於曹雪芹——紀念曹雪芹逝世二百週年》，刊於《文藝報》第十二期。

〔重要紀事〕

二月

　　八日，文藝界舉行元宵節聯歡會，周恩來到會講話，闡述了「百花齊放，推陳出新」等問題，最後要求文藝家過好五關：思想關、政治關、生活關、家庭關、社會關。

三月

　　中共中央發布關於在全國開展新「五反」（反對貪污盜竊、反對投機倒把、

反對鋪張浪費、反對分散主義、反對官僚主義）運動的指示。

四月

全國文聯在北京召開第三屆全委二次擴大會議，周揚作了《加強文藝戰線，反對修正主義》的報告。

十九日，周恩來在中宣部召開的文藝工作會議和中國文聯三屆全委二次擴大會議上，作《要做一個革命的文藝工作者》的講話。

五月

六日，江青組織的圍剿《李慧娘》的文章《「有鬼無害」論》在《文匯報》上發表。自此，全國戲劇界開始大批「鬼戲」。

二日至十二日，毛澤東在杭召集有部分政治局委員和大區書記參加的小型會議，制定了《中共中央關於目前農村工作中若干問題的決定》（草案）（即前十條）。二十日，中共中央把它作爲指導社會主義教育運動的綱領性文件予以發布。

六月

十四日，《紅旗》雜誌和《人民日報》分別刊登中共中央對蘇共中央一九六三年三月二十日來信的覆信：《關於國際共產主義運動總路線的建議》。

七月

一日，中共中央就中蘇兩黨會談發表聲明。

五日，以鄧小平爲團長、彭眞爲副團長的中共代表團同蘇共代表團在莫斯科舉行會談。

十四日，蘇共中央發表《給蘇聯各級黨組織和全體共產黨員的公開信》，由此，中蘇兩黨開始公開論戰。

八至九月

文化部、中國劇協和北京市文化局召開首都「戲曲工作座談會」，討論進一步貫徹執行「百花齊放，推陳出新」的方針問題。

九月

中共中央在北京舉行工作會議，制定了《中共中央關於農村社會主義教育運動中一些具體政策的規定（草案）》（即後十條），並決定再用三年時間繼續貫徹「八字」方針。

十二月

十二日，毛澤東在中宣部文藝處編印的一份關於上海舉行故事會活動的材料上批示：「各種藝術形式——戲劇、曲藝、音樂、美術、舞蹈、電影、詩和文學等等，問題不少，人數很多，社會主義改造在許多部門中，至今收效甚微。許多部門至今還是『死人』統治著。……

「許多共產黨人熱心提倡封建主義和資本主義的藝術，卻不熱心提倡社會主義的藝術，豈非咄咄怪事。」

一九六四年（甲辰）六十八歲

一月

十五日，以文化部部長身分接見法國駐華大使約瑟夫・里根並作談話。

十六日，以文化部部長身分接見肯尼亞首任大使亨利・莫利並作談話。

三月

六日，以文化部部長身分接見挪威駐華大使黑格爾・阿克雷並作談話。

評論《讀了〈火種〉以後的點滴感想》，刊於《收穫》第二期。

《在首都各界人民支持巴勒斯坦和阿拉伯各國人民反對美帝國主義鬥爭大會上的講話》，刊於《人民日報》（二十一日）。

四月

十日，寫完評論《讀陸文夫的作品》，後刊於《文藝報》六月號。

《為發展社會主義新戲劇而奮鬥——在一九六三年以來優秀話劇創作及演出授獎大會上的講話》，刊於《戲劇報》第四期。

《在首都各界人民支持南非人民反對法西斯迫害爭取民族解放大會上的講話》，刊於《人民日報》（十四日）。

《在首都各界人民支持日本人民要求撤除美國軍事基地歸還沖繩大會上的講話》，刊於《人民日報》（二十九日）。

二十九日，以文化部部長身份接見查禾多大使並作談話。

五月

評論《讀〈兒童文學〉》，刊於《人民日報》（十日）。

九日，以文化部部長身分接見哈桑・赫德和阿卜杜勒・法塔赫・尤納斯並

作談話。

十一日，以文化部部長身分接見瓦茨拉夫・克日斯特克並作談話；以文化部部長身分接見柯爾特大使並作談話。

二十日，以文化部部長身分接見朝鮮駐華大使朴世昌並作談話。

二十五日，作評論《讀〈冰消春暖〉》，後刊於《作品》七月號。

六月

五日，在全國京劇現代戲觀摩演出大會開幕時致開幕詞，刊於《戲劇報》第六期。

《在首都各界人民支持朝鮮人民要求美國侵略軍撤出南朝鮮和統一祖國鬥爭大會上的講話》，刊於《人民日報》（二十六日）。

八月

二十三日，以文化部部長身分與敘利亞駐華大使談話。

九月

四日，以文化部部長身分接見蘇丹大使法赫爾・埃丁・穆罕默德並作談話。

十五日，以文化部部長身分接見錫蘭新任大使斯・費・德席爾瓦並作談話。

十二月

十八日，以文化部部長身分與緬甸新任駐華大使馬・杜瓦・信瓦瑙談話。

〔重要紀事〕

一月

一日，鄧小平召集文藝座談會，周揚在會上作了匯報發言。

二月

中國文聯和中國曲協在北京召開曲藝創作座談會，就積極創作、演出社會主義新曲藝，更好地為工農兵，為社會主義革命和建設服務等問題進行了討論。

三月

文聯和各協會開始整風、檢查工作。

四月

二十一日，著名粵劇表演藝術家馬師曾在北京病逝。

六月

二十七日，毛澤東在《中宣部關於全國文聯和所屬各協會整風情況報告》的草稿上，作了第二個批示：「這些協會和他們所掌握的刊物的大多數（據說有少數幾個好的），十五年來，基本上（不是一切人）不執行黨的政策，做官當老爺，不去接近工農兵，不去反映社會主義的革命和建設。最近幾年，竟然跌到修正主義的邊緣。如不認眞改造，勢必在將來的某一天，要變成匈牙利裴多菲俱樂部那樣的團體。」於七月十一日作爲正式文件下達。

六至七月

在全國京劇現代戲觀摩演出大會期間，江青在京劇會演人員座談會上攻擊戲曲舞臺是「牛鬼蛇神」，「破壞」社會主義經濟基礎。她與康生在總結大會上公開把影片《早春二月》、《北國江南》，崑曲《李慧娘》等打成「大毒草」。

七月

二日，中宣部召開文聯各協會和文化部負責人會議，貫徹毛澤東的第二個批示。嗣後，文聯各協會又開始整風運動。

月底，首都報刊開始批電影《北國江南》、《早春二月》和瞿白音的《創新獨白》。

十月

二十日，中國作協副主席、著名詩人柯仲平逝世。

十二月

江青把《林家舖子》、《不夜城》、《革命家庭》等影片統統打成〈毒草〉，指令進行批判。《文學評論》第六期發表批判周谷城的「時代精神匯合論」的文章。

二十二日，全國人大三屆首次會議在京開幕。會議期間，周恩來向大會作政府工作報告，提出把我國建設成爲一個具有現代農業、現代工業、現代國防和現代科學技術的社會主義強國的號召。劉少奇當選爲國家主席，周恩來任國務院總理，朱德當選爲人大委員長。

是年

從多季開始，全國城鄉重點進行社會主義教育運動（即「四清」運動）。

一九六五年（乙巳）六十九歲

是年

在一月舉行的政協四屆一次會議上當選爲政協副主席。免去文化部長職務。以政協副主席身份參加了「五一」節、國慶節活動。

〔重要紀事〕

一月

十四日，中共中央制定了《農村社會主義教育運動中目前提出的一些問題》（簡稱《二十三條》）。文件中雖對某些「左」的偏向作了糾正，但又提出了「這次運動的重點，是整黨內那些走資本主義道路的當權派」等更「左」的觀點。

五月

文化部領導改組。

十月

二十六日，著名戲劇家熊佛西病逝。

十一月

江青一伙炮製的《評新編歷史劇〈海瑞罷官〉》由姚文元署名在上海《文匯報》發表，爲「文化大革命」的發動製造輿論。

是年

繼續進行社會主義教育運動。國民經濟調整工作完成。

八、十年內亂

（1966 年～1976 年 9 月）

一九六六年（丙午）七十歲

是年

以政協副主席身分參加元旦國宴、「五一」節、國慶節慶祝活動。

被通知參加八月至十一月毛澤東等在北京對紅衛兵的八次接見。

〔重要紀事〕

二月

十二日，中共中央轉發以彭眞爲組長的文化革命五人小組提出《關於當前學術討論的匯報提綱》（後被稱爲《二月提綱》）。

四月

十日，中共中央批准了《林彪同志委託江青同志召開的部隊文藝工作座談會紀要》。這個《紀要》的炮製，標誌著林彪和江青勾結起來利用「文化大革命」大搞反革命陰謀活動的開始。

五月

四日至二十六日，中共中央政治局擴大會議在北京召開。會議批判了彭眞、羅瑞卿、陸定一的「反黨錯誤」，並決定停止和撤銷他們的職務。十六日，會議通過由毛澤東主持制定的《五·一六通知》，撤銷了《二月提綱》並決定撤銷原「文化革命五人小組」，重新設立中央文化革命小組。這次會議標

誌著「左」傾方針在黨中央占據了統治地位。

八月

八屆十一中全會在北京舉行，通過了《關於無產階級文化大革命的決定》（即《十六條》）。這次會議和五月政治局擴大會議便成了「文化大革命」全面發動的標誌。

十八日，毛澤東首次在天安門接見全國各地來北京串連的紅衛兵和群眾。到十一月下旬，先後八次接見了一千三百萬群眾和紅衛兵。

二十四日，著名作家老舍被林彪、江青一伙迫害致死。

一九六七年（丁未）七十一歲

是年

以政協副主席身分參加元旦國宴、「五一」節、國慶節活動。

〔重要紀事〕

一月

所謂「一月風暴」從上海開始席捲全國，全國各地全面展開奪各級黨政機關的權，造成一片混亂。

姚文元的《評反革命兩面派周揚》一文在《紅旗》發表，篡改建國十七年和三十年代以來的文藝運動歷史，提出了一系列極左的文藝主張和觀點。

二月

譚震林、陳毅、葉劍英等政治局和軍委領導人在周恩來主持的懷仁堂碰頭會和稍前召開的軍委會議上，對「文化大革命」的錯誤作法提出強烈批評而被誣爲「二月逆流」。

四月

一日，戚本禹的《愛國主義還是賣國主義？——評反動影片〈清宮秘史〉》在《人民日報》上發表，從此全國報刊掀起了不點名地批判劉少奇的高潮。

一九六八年（戊申）七十二歲

是年

以政協副主席身分參加元旦國宴、「五一」節、國慶節活動。

〔重要紀事〕

七月

十五日，著名電影藝術家蔡楚生受林彪、江青一伙迫害致死。

十月

十三日至三十一日，中共八屆十二中全會在北京舉行，會議根據江青、康生一伙炮製的《劉少奇罪證審查報告》，錯誤地決定把劉少奇永遠開除出黨，撤銷他在黨內外的一切職務。

十二月

十日，著名戲劇家田漢被林彪、江青一伙殘酷迫害致死。

一九六九年（己酉）七十三歲

五月

以政協副主席身分參加「五一」節活動。

九月

胡志明逝世，到越南使館參加弔唁。

〔重要紀事〕

四月

一日至二十四日，中國共產黨第九次代表大會在北京舉行。林彪在會上作政治報告，使「文化大革命」的錯誤理論和實踐進一步合法化。九大在思想上政治上和組織上的指導方針都是錯誤的。

十一月

十二日，中共中央副主席、中華人民共和國主席劉少奇由於遭受林彪、江青一伙政治陷害和人身摧殘，在河南開封含冤去世。

一九七〇年（庚戌）七十四歲

一月

二十七日，夫人孔德沚在北京病逝。茅盾和親屬七八人，葉聖陶及其兒媳，參加了火化儀式。月底，寫信給杭州的陳學昭等，告此噩耗。

是年

　　賦閒在家。作《七律》一首，懷念沈太夫人。

〔重要紀事〕

九月

　　二十三日，著名作家趙樹理被林彪、江青一伙迫害致死。

十二月

　　周恩來主持召開華北會議，揭發批判陳伯達的罪行。

一九七一年（辛亥）七十五歲

是年

　　賦閒在家。

〔重要紀事〕

一月

　　黨的各級領導機構逐步開展了「批陳整風」運動。

　　十五日，著名京劇表演藝術家蓋叫天被林彪、江青一伙迫害致死。

三月

　　二十二日，林彪、葉群指使林立果及其死黨在上海密謀炮製了反革命武裝政變的《「571」工程紀要》。

六月

　　十日，著名文藝理論家邵荃麟遭林彪、江青一伙迫害致死。

九月

　　十三日，林彪、葉群、林立果及其死黨眼見政變陰謀敗露，駕機叛國私逃，摔死在蒙古溫都爾汗地區。

十月

　　二十五日，第二十六屆聯合國大會以壓倒多數通過決議，恢復中華人民共和國在聯合國的一切合法權利，臺灣國民黨當局被逐出聯合國。

十二月

　　在中共中央號召下，全國開始批林整風。

一九七二年（壬子）七十六歲

一月

一日，作詞《一剪梅》，歌頌解放後湖州工農業建設蓬勃氣象，刊於《戰地》增刊第二期，附《小序》。一九七九年手書於北京，後刊於香港《大公報》（五月十八日）。

作七言古詩《偶成》。

是年

賦閒在家。胡愈之、臧克家、胡子嬰、黎丁（當時《光明日報》文藝部主任）曾至住宅看望茅盾。作詩詞兩首，一爲無題五言古詩，二爲半闕《西江月》。

作家碧野從「牛棚」獲釋，重返丹江水利工地，首先函詢茅盾，茅盾立即以長信作覆。

〔重要紀事〕

二月

二十八日，中美雙方聯合公報在上海發表，開闢了中美關係的新前景。

九月

二十九日，中日兩國政府聯合聲明在北京簽字，宣布中日邦交正常化。

一九七三年（癸丑）七十七歲

四月

作七律《讀吳恩裕〈曹雪芹佚著及其傳記材料的發現〉》。

夏

作七律《讀〈稼軒集〉》。

十月

作七律一首，題名《中東風雲》。

十一月

二日，作七律《壽瑜清表弟》，賀陳瑜清表弟六十六壽辰。

冬

葛一虹寄贈茅盾數張一九四六年同遊西湖時爲茅盾夫婦拍的照片，三數天

後，茅盾覆函。翌日，葛一虹至東四頭條拜訪茅盾，談了兩小時。

是年

被補選爲四屆人大上海代表。

被通知參加孫中山逝世四十八週年的紀念會。

〔重要紀事〕

三月

十日，中共中央決定恢復鄧小平黨的組織生活和國務院副總理的職務。

八月

二十日，中共中央批准《關於林彪反黨集團罪行的審查報告》，決定永遠開除林彪及其反黨集團主要成員的黨籍。

二十四日至二十八日，中共十大在北京舉行。

一九七四年（甲寅）七十八歲

二月

作詞《一剪梅·感懷》。

三月

作七言古詩《爲沈本千畫師題西湖長春圖》。

十月

二十八日，作詞《菩薩蠻·奉答堅陶尊兄》。

冬

作古詩《讀〈臨川集〉》。

十二月

月初，從北京東四頭條的文化部宿舍遷居至北京交道口南三條十三號。

秦似到東四頭條拜訪茅盾。

得姚雪垠函，徵求對其長篇小說《李自成》第二卷的初稿的意見，這時姚正在開始修改，茅盾覆函予以熱情支持。姚雪垠接著將第二卷初稿的副本寄給茅盾。於是茅盾和姚雪垠爲該卷的修改開始了頻繁的通信。自 1974 年 7 月至 1980 年 2 月的近 6 年時間裡，雙方通信共 88 封，其中姚雪垠致茅盾 52 封，茅盾覆信 36 封。在此期間，茅盾已進入耄耋高齡，身患肺氣腫氣喘，

目疾嚴重，右眼視力僅 0.3～4，左眼患老年性黃斑盤狀變形，一尺外不辨 5
指，將《李自成》第一卷看了一遍，將 70 萬字的第二卷抄稿讀了兩遍，並
寫出比較詳細的意見。

是年

作《〈霜葉紅似二月花〉續稿》，內含第十五章至第十八章的部分梗概、大
綱、初稿及第十八章以後各章梗概，與部分人物表，最初刊於 1996 年 5 月
出版的《收穫》第 3 期。

〔重要紀事〕

一月

「四人幫」在全國掀起批林批孔運動，把矛頭指向周總理和老一輩無產階級
革命家。

七月

十七日，毛澤東在中央政治局會議上批評王洪文、張春橋、江青、姚文元
搞幫派活動，第一次提出「四人幫」問題。

十一月

二十九日，中國無產階級革命家、軍事家、中國人民解放軍創始人之一彭
德懷遭林彪、「四人幫」迫害，逝世於北京。

一九七五年（乙卯）七十九歲

春

葛一虹聽說茅盾身體不適，前往交道口新居問候，茅盾邀至西廂客廳，談
及了翻譯問題。告辭時，葛一虹請求手書一張條幅，不久（五月間）茅盾
手書後寄上，內容係一九七三年十月所作《中東風雲》一詩。

三月

常任俠應約，於二日訪茅盾，談了一小時。六日下午茅盾回訪常任俠，並
親書一條幅相贈，寫的是新作《讀臨川集感賦古風一首》。十三日，常任俠
再訪茅盾，書寫了一首讀王荊公臨川集五古和一首陳毅的新詞回贈茅盾。

秋

作七古《贈趙明》。

是年

駱賓基到交道口拜訪茅盾。當從駱口中聽說馮雪峰已確診爲肺癌，吃中藥需配麝香後，茅盾就把五十年代尼泊爾王族代表團贈送他的麝香找出，託胡愈之轉送給了馮雪峰。

〔重要紀事〕

一月

十三日至十八日，第四屆全國人民代表大會第一次會議在北京舉行，周總理作《政府工作報告》，重申三屆人大政府工作報告提出的實現「四化」的「兩步設想」。會議通過了《中華人民共和國憲法》。會後，周恩來病重住院，由鄧小平主持黨政日常工作。

二月

二十八日，著名戲劇藝術家焦菊隱受林彪、「四人幫」迫害致死。

三月

八日，著名京劇表演藝術家周信芳遭受林彪、「四人幫」殘酷迫害，含冤逝世。

十一月

清華大學黨委召開黨委擴大會議，傳達毛澤東對該校黨委副書記劉冰等人的信的批示，隨後，全國開始所謂「反擊右傾翻案風」運動，不點名地批判鄧小平。

一九七六年（丙辰）八十歲

年初

開始口述回憶錄（錄音待後整理），至一九七七年初止。「那時，一九七五年所看到的希望，又渺茫起來。他覺得，自己大概看不到江青這一伙人的覆亡了。他要寫出自己的回憶錄，留下歷史的見證，讓家人將來公之於世。」（徐民和、胡穎：《巨匠的遺願——茅盾在最後的日子裡》）一九七八年第四季度，《新文學史料》創刊，正式撰寫回憶錄，自一九一六年進商務印書館工作以後的部分開始到該刊連載。一九八一年二月十八日後因病輟筆，已寫到一九三四年。抗日戰爭前夕、八年抗戰和三年解放戰爭時期的部分，

也已經大部分錄了音，由其家屬整理，續完。

一月

作七言詩《學習毛主席詞二首》，作《敬愛的周總理挽詞》。

二月

作七古《丹江行——爲碧野兄六十壽作》。

七月

四日，八十壽秩，作五言舊體詩《八十自述》。後刊於《人民日報》（一九八一年三月三日）。

下旬，唐山地震後暫居北京三里河住宅區，約三個月。

九月

雜論《魯迅說：輕傷不下火線》，刊於《人民文學》第六期，亦見於日文版《人民中國》第十期。

〔重要紀事〕

一月

八日，偉大的馬克思主義者、中國人民偉大的無產階級革命家、傑出的共產主義戰士周恩來病逝於北京，終年七十八歲。經毛澤東提議，華國鋒任代總理，主持中央日常工作。

三十一日，著名詩人、文藝理論家馮雪峰逝世。

四月

五日，天安門爆發反對「四人幫」的偉大的「四五」群眾運動。

七日，中共中央政治局根據毛澤東提議，通過《中共中央關於華國鋒同志任中共中央第一副主席、國務院總理的決議》，和《關於撤銷鄧小平黨內外一切職務的決議》。

七月

六日，中國人民偉大的無產階級革命家朱德在北京逝世，終年九十歲。

九月

九日，偉大的馬克思主義者、中國人民的偉大領袖毛澤東在北京逝世，終年八十三歲。

九、文藝新春

（1976 年 10 月～1981 年）

一九七六年（丙辰）八十歲

十月

作新詩《粉碎反黨集團「四人幫」》。

五日，致函荒蕪，談及對南宋愛國詩人辛棄疾的看法，後刊於香港《文匯報》（一九七九年七月二十三日）。

《我和魯迅的接觸》，刊於本月出版的《魯迅研究資料》第一集。

十二月

二十一日，作《敬愛的周總理給予我的教誨的片斷回憶》。

〔重要紀事〕

十月

六日，以華國鋒、葉劍英、李先念為代表的黨中央政治局，執行黨和人民的意志，採取斷然措施，對江青、張春橋、姚文元、王洪文實行隔離審查，取得了粉碎「四人幫」的歷史性勝利，「文化大革命」的十年內亂至此結束。

一九七七年（丁巳）八十一歲

一月

作紀念文《敬愛的周總理永垂不朽》。

《周總理挽詩》二首，刊於《人民文學》第一期。作者在「附記」中稱，該兩詩作於周總理追悼會一九七六年一月後，當時因「四人幫」不准發表哀悼總理的一切詩文，所以現在才刊出，「既以悼念敬愛的周總理，亦以慶祝粉碎『四人幫』的天大喜事。」收入《茅盾詩詞》時，改題為《敬愛的周總理挽詞》。

二十五日，函覆臧克家，談總理挽詩。

二月

作七言詩《過河卒》，揭露、鞭笞自稱為「過河卒」的江青，後刊於《廣東文藝》九月號。作詩《聞歌有作－－為王昆、郭蘭英重登舞臺》。

春

給瑪拉沁夫一信，得知他劫後餘生後，特地詢問他的近況。瑪拉沁夫覆信後，又致一短信。

三月

六日，葉子銘乘赴京之機拜望茅盾，茅盾與他談了二個多小時。此後一直到一九八○年五月，葉子銘利用出差機會登門拜訪有七、八次之多，每次會見，茅盾都回答了葉向他請教的問題。

十四日，作詩《奉和雪垠兄》，係對姚雪垠所贈《春節感懷》一詩的奉和。

十五日，作詞《滿江紅·祝〈毛澤東選集〉第五卷出版》，後刊於《人民文學》第四期。

四月

杜宣與嚴文井、周而復於某天下午到交道口南三條拜訪茅盾。茅盾談了許多關於李自成的問題。敘談直到傍晚。

新詩《迅雷十月布昭蘇》，刊於《詩刊》四月號，作成於一九七六年十二月底。這是茅盾僅有的少數自由體詩歌中最長的一首，全篇一百十二句，它以滿腔的憤懣揭露聲討了「四人幫」篡黨亂國、戕害人民的滔天罪行，以無比的歡悅、欣喜，頌揚了黨中央和人民粉碎「四人幫」的偉大勝利，流露了在黨中央領導下，實現「四化」，使祖國走向更光明、璀璨前程的美好願望和堅定信念。

《新發現的魯迅致茅盾書信手稿》，刊於《革命文物》四月號。這些書信共九封，寫於一九三六年一至四月間。

六月

某天下午，馮至和《世界文學》編輯部的幾個人一起到茅盾家中，告知《世界文學》將復刊，請他寫一篇文章。茅盾聽說《世界文學》將復刊，十分高興，立即答應爲之撰文，於七月八日寫成，隨即寄《世界文學》，題名《學習魯迅翻譯介紹外國文學的精神》，論述魯迅一生翻譯介紹外國文學的辛勞工作情況。發表於《世界文學》第一期時改題爲《向魯迅學習》。

《關於長篇小說〈李自成〉的通信——致姚雪垠》（附編者按），刊於《光明日報》（二十五日）。該通信共收茅盾一九七四年十一月至一九七五年八月給姚雪垠的六封覆信，內容主要涉及對《李自成》第二卷的意見，包括對第二卷的十八個單元的具體意見和對全書章回格局的建議。

作七言長詩《清谷行》，初稿作於一九七五年十月。

二十二日，作詞《桂枝香·刺霸》。

七月

二十七日，馮至拜訪茅盾，與茅盾商量爲何其芳逝世開追悼會事宜。

八月

十二日，作詞《滿江紅·歡呼十一大勝利召開》，刊於《光明日報》（二十一日）。

二十六日，作評論《毛主席的文藝路線萬古長青》，後刊於《人民文學》第九期。

秋

陳學昭應魯迅紀念館之邀赴京，到交道口往訪茅盾。

九月

作詞《沁園春·毛主席逝世獻詞》（二首），刊於《人民日報》（十日），後收入《茅盾詩詞》時改題爲《沁園春·毛主席逝世週年獻詞》。作詞《桂枝香·爲商務印書館建館八十週年紀念作》。

評論《毛主席的文藝路線永放光芒》，刊於《人民戲劇》第九期。

十月

評論《魯迅研究淺見》，刊於《人民日報》（十九日）。

十八日，茹志鵑、趙燕翼下午往訪茅盾，晤談約二十分鐘。茅盾與她們談到自己的身體狀況和「四人幫」時期的作品，「那種公式化、概念化，在解

放初期也曾有過。」（茹志鵑：《說遲了的話》，見文化藝術出版社編《憶茅公》）

十一月

在《人民文學》編輯部舉辦的短篇小說創作座談會上，作《老兵的希望》的發言，發表於《光明日報》（十二日）。茅盾認爲多年沒有開這樣的會了，現在只有在打倒「四人幫」後才有可能開這樣的會。他相信今後在文藝方面一定會貫徹「雙百」方針，改變文革期間在創作方面「一花」獨放，在評論方面「一言堂」的局面。他希望有不同意見的同志發表文章，「一定要扭轉這種不利於百家爭鳴的現象」。

會上，馬烽提了個問題：十七年文藝界究竟是紅線佔統治地位，還是黑線佔統治地位？主持會議的人把這個問題向茅盾提了出來，他毫不猶豫地說：「十七年文藝創作成績是鉅大的，當然是紅線佔統治地位了。」（馬烽：《懷念茅盾同志》，文化藝術出版社編《憶茅公》）

二十日，在《人民日報》編輯部召開的文化界人士座談會上，作《貫徹「雙百」方針，砸碎精神枷鎖》的發言，後刊於《人民日報》（二十五日）。

十二月

作詞《西江月·故鄉新貌》。

一日，作七絕《題高莽爲我所畫像》。高莽所作茅盾畫像和像上的茅盾題詩，後刊於《人民日報》（一九八一年四月十一日）。

二十八至三十一日，在《人民文學》編輯部主持的在京作家（一百多人）座談會上講了話。

三十日，作評論《駁斥「四人幫」在文藝創作上的謬論，並揭露其罪惡陰謀》，後刊於《十月》第一期。

是年

被推選爲五屆人大山東代表。

〔重要紀事〕

四月

十日，鄧小平給黨中央寫信，針對「兩個凡是」的觀點，指出應當以「準確的、完整的毛澤東思想」爲指導的問題。五月三日，黨中央轉發此信，肯定了鄧小平的正確意見。

十五日，《毛澤東選集》第五卷正式發行。

七月

十六日至二十一日，中共十屆三中全會在北京舉行，全會通過關於恢復鄧小平職務的決議；關於開除「四人幫」的黨籍，撤銷其黨內外一切職務的決議。

八月

十二日至十八日，中共十一大在北京舉行。大會總結了同「四人幫」的鬥爭，宣告「文化大革命」已經結束，重申在本世紀內建設社會主義現代化強國為黨的根本任務，強調要恢復和發揚黨的優良傳統和作風。在一中全會上選舉華國鋒為中央委員會主席，葉劍英、鄧小平、李先念、汪東興為副主席。

十二月

十日，中共中央任命胡耀邦為中央組織部長。胡耀邦率領組織部全體成員，經過大量切實的調查研究，打開了平反冤假錯案、落實黨的政策的新局面。

一九七八年（戊午）八十二歲

年初

某天下午在書房接待人民文學出版社的韋君宜和兩位編輯。人民文學出版社將創刊《新文學史料》，韋君宜等提請茅盾為該刊寫點文壇回憶錄。他慨然允諾，並與他們談了接辦《小說月報》、擔任毛澤東秘書、在延安等情況，將近三個小時。

一月

《詩詞兩首》——一首為一九六四年一、三、五月所作《西江月・感事》（三首），另一首為一九七三年四月所作七律《讀吳恩裕〈曹雪芹佚著及其傳記材料的發現〉》，刊於《浙江文藝》第一期。

四日，與人民大學教師談中山艦事件，談話紀錄題為《關於中山艦事件》，後刊於《歷史教學》第六期。

寫條幅贈瑪拉沁夫，條幅中有說明：「江青自稱過河卒子，打油一首揭其陰私。七七年舊作。」

二月

雜論《文字改革工作邁出了新的重大的一步》，刊於《光明日報》（三日）。

十六至十八日，出席四屆政協常委會第八次會議。

二十四日，在五屆政協第一次會議上，被推選為主席團常務主席之一。二十六日，在五屆人大首次會議的預備會議上被選入主席團。

二十八日，出席「紀念臺灣省人民『二·二八』起義三十一週年政協全國委員會座談會」。

三月

九日，被選為五屆政協副主席。十日，隨同黨和國家領導人參加接見五屆人大代表和五屆政協委員。

《關於長篇歷史小說〈李自成〉》，刊於《文學評論》第二期。本文作於一月十五日，訂正於三月十五日。

四月

作七絕《祝全國科技大會》。

十四至十五日，出席五屆政協常委會舉行的第一次會議。

二十七日，作散文《也算紀念》，後刊於《北京大學》校刊（五月）。

五月

作七絕《重印〈中國神話研究 ABC〉感賦》，後刊於《人民日報》（十月八日）。

評論《漫談文藝創作》，刊於《紅旗》第五期。這是一篇從理論上全面概括闡釋文藝創作問題的重要論文，它也是作者的文藝觀點的最新總結和發展。

九日，在人民文學出版社召開的兒童文學創作座談會上，致書面賀詞《外行人的祝賀》，後刊於《人民日報》（六月一日）。

二十七日至六月五日，出席在北京舉行的中國文聯第三屆全國委員會第三次（擴大）會議，致開幕詞，並作《關於培養新生力量》的發言，先後發表於《文藝報》第一、二期。

六月

一日，會見由法中友協副主席莫里斯·蒙熱率領的法國友好人士代表團，同他們進行了熱情友好的談話。

三日，參加北京舉行的老舍的骨灰安放儀式，並致悼詞。

十三日，會見以薇薇‧略夫斯太特爲團長的瑞典文化界友好人士訪華團，賓主進行了親切友好的談話。

十八日，參加首都隆重舉行的郭沫若的追悼大會。

詩《過河卒》與《祝全國科學大會》的手跡，刊於《湘江文藝》第六期。

夏

敖德斯爾、斯琴高娃等三人到寓所拜望茅盾，茅盾詳細詢問了蒙古族文學的情況，鼓勵他們不斷創作出更多的好作品，爲繁榮我國多民族的文學作出努力。

七月

《爲革命烈士詩抄題詞》，刊於《詩刊》七月號，作於六月，係據手跡製版。《祝全國科技大會》手跡，刊於《作品》七月號。

《在中國文學藝術界聯合會第三屆全國委員會第三次（擴大）會議上的開幕詞》，刊於《文藝報》復刊第一期。《化悲痛爲力量》，刊於《人民文學》第七期。

八月

作五古《爲三聯書店成立三十週年作》。

九月

一日晚，以政協副主席身分出席我國十一個人民群眾團體在人民大會堂舉行的盛大招待會，熱烈慶祝中日和平友好條約的簽訂。

下旬，北京大學恢復成立的「五四」文學社準備出版「未名湖」文藝叢刊，在校刊上開闢「未名湖」文藝副刊。茅盾爲「未名湖」題寫了刊名。

二十八日，作七言詩《題〈紅樓夢〉畫頁》，共四首：《補裘》、《葬花》、《讀曲》、《贈梅》，均刊於《詩刊》十一月號。

九月

《關良畫〈晴雯補裘〉題詩》，刊於《文匯報》（三日）。

十月

評論《讀稼軒詞》，刊於《文匯報》（八日）。

二十日，作評論《作家如何理解實踐是檢驗眞理的唯一標準》，刊於《文

藝報》第五期，轉刊於《人民日報》（十二月五日）。該文著重談了實踐是檢驗眞理的唯一標準這個馬克思主義的基本原理在文藝創作中的體現，對「四人幫」在文藝領域裡另立一套幫規幫法作爲檢驗眞理的標準作了批判。

月杪，作五古《題趙丹白楊合作〈紅樓夢〉菊花詩畫冊》。

十一月

短文《一點感受》，刊於《人民日報·戰地》（十九日）。

作七絕《贈樓煒春》。作者附註稱樓煒春（樓適夷）係三十年代上海天馬書店創辦人，該書店在國民黨文化「圍剿」下專出版左聯成員及進步作家的作品。作七絕《贈曹禺》（詩後有「作者附註」），後刊於《人民日報》（一九七九年一月二十八日）。作六言詩《爲〈大眾電影〉復刊題詩》（收入《茅盾詩詞》時改題爲《爲「大眾電影」恢復刊名作》），後刊於《大眾電影》復刊第一期。

十二日寫完評論《白居易及其同時代的詩人——爲路易·艾黎英譯〈白居易詩選〉而作》，後刊於《收穫》一九七九年第一期。

二十四日，寫完評論《爲介紹及研究外國文學進一解》，刊於《外國文學評論》第一輯。

《茅盾評論文集》（上、下冊）由人民文學出版社出版，收入文藝評論四十八篇和學術專著三個——《夜讀偶記》、《關於歷史和歷史劇》、《中國神話研究初探》。除《中國神話研究初探》外，其它均作於一九四九年建國後至一九六六年「文化大革命」前。二月六日，作者爲這一文集寫了「前言」。

二十三日，在《文藝報》、《人民文學》、《詩刊》編委會討論文藝如何爲「四化」服務的聯席會議上作書面發言，稱現在「四人幫」徹底打倒了，但「四人幫」的流毒和影響卻遠未肅清，在實踐是檢驗眞理的唯一標準面前，不存在什麼「禁區」，不存在什麼「金科玉律」，這就爲文藝事業開闢了廣闊的道路，爲作家創造新體裁、新風格乃至新的文學語言，提供了無限有利的條件；也只有這些，「百花齊放、百家爭鳴」才不是一句空話。

十二月

一日函，後刊於《作品》第二期，題爲《茅盾同志的信》。

《關於〈紅樓夢〉故事圖題詩四首及給〈社會科學戰線〉編輯部的信》，刊於《社科學戰線》第四期。均係據手跡製版。

是年

康濯、張僖、李準曾一起往訪茅盾，談了一個多小時。

〔重要紀事〕

二月

二十六日至三月五日，五屆人大第一次會議在北京舉行，通過新憲法和新的國歌歌詞，選舉葉劍英爲全國人大常委會委員長，任命華國鋒爲國務院總理，鄧小平等十三人爲副總理。

二十四日至三月八日，五屆政協第一次會議在北京舉行，選舉鄧小平爲五屆政協全國委員會主席。

四月

五日，中共中央批准中央統戰部和公安部關於全部摘掉右派分子帽子的請示報告。

文化部舉行揭批「四人幫」萬人大會，爲大批受迫害的文藝工作者平反。

五月

十一日，《光明日報》發表特約評論員文章《實踐是檢驗眞理的唯一標準》，《人民日報》於翌日轉載，全國從此開展了眞理標準問題的討論。

二十七日至六月五日，中國文聯第三屆全國委員會第三次擴大會在北京召開，宣布文聯和五個協會正式恢復工作。

六月

十二日，我國卓越的無產階級文化戰士、中國文聯主席郭沫若在京逝世，終年八十六歲。

七月

中國被迫停止對越南的援助，調回中國工程技術人員；中國被迫停止對阿爾巴尼亞的援助，接回中國專家。

十月

《論茅盾四十年的文學道路》（葉子銘著）修訂後，由上海文藝出版社重版。

十一月

十四日，經中央政治局常委批准，中共北京市委宣布：爲一九七六年四月五日天安門事件平反。

十二月

十八日至二十二日，中共十一屆三中全會在北京舉行。全會堅決地批判了「兩個凡是」的錯誤方針，充分肯定了必須完整、準確地掌握毛澤東思想的科學體系，高度評價了關於眞理標準問題的討論，確定了解放思想、開動腦筋、實事求是、團結一致向前看的指導方針；果斷地停止使用「以階級鬥爭爲綱」這個不適用於社會主義社會的口號，開始全面地、認眞地糾正「文化大革命」中和以前的「左」傾錯誤，從而結束了一九七六年十月以來黨的工作在徘徊中前進的局面。作出了把全黨工作重點轉移到社會主義現代化建設上來的戰略決策；提出了全黨要注意解決好國民經濟重大比例嚴重失調的要求，原則上通過了關於加快農業發展的兩個文件；審查和解決了黨的歷史上一批重大冤假錯案和一些重要領導人的功過是非問題，增選了中央領導成員，選舉產生了以陳雲爲首的中央紀律檢查委員會。十一屆三中全會標誌著黨在思想上、政治上和組織上全面地恢復和確立了馬克思主義的正確路線，實現了建國以來我黨歷史上具有深遠意義的偉大轉折。

一九七九年（己未）八十三歲

一月

十四日，孫中田於上午到南三條拜訪茅盾，茅盾談了未曾出版的兩本小說《少年印刷工》、《走上崗位》和《子夜》的出版情況。

二月

六至十三日，人民文學出版社在北京召開中長篇小說創作座談會，茅盾到會講了話，後發表於《新文學論叢》第一期，題名爲《在中、長篇小說座談會上的講話》。

十日，覆馮亦代的信，刊於香港《大公報》（二十四日）。函稱他正集中精力寫回憶錄，抽不出時間爲刊物寫稿。

十六日，給林默涵寫信，建議向中組部反映，抓緊爲文藝家落實政策。林

將信轉給了時任中共中央秘書長兼宣傳部長的胡耀邦。胡耀邦很重視茅盾建議，立即於四月初召開了全國落實文藝家知識份子政策座談會。

二十一日，為《兒童詩》作《對於兒童詩的期望》，後刊於《人民日報》（五月二十八日）。

短論《需要澄清一些事實》，刊於《新文學史料》第二輯。

三月

七日，作六言詩《敬題〈鄧雅聲烈士遺詩集〉》。

《中國兒童文學是大有希望的──對參加「兒童文學創作學習會」的青年作者的談話》，刊於《人民日報》（二十六日）。

二十六日，《人民文學》雜誌社舉辦的一九七八年全國優秀短篇小說評選發獎大會在北京舉行，茅盾以評選委員會主任、中國作家協會主席的身分在會上講了話。

五月

丁玲回到北京，第一次看望茅盾，茅盾熱情地留她坐在身旁親切談心。出席香港《文匯報》在北京華僑大廈舉行的招待會。

四日，在五四時期老同志座談會上發言。

八日，與周揚聯合發起成立魯迅研究學會，並成為該學會籌備小組成員。

二十日，《紅樓夢學刊》編委會在北京正式成立，茅盾任學刊顧問，並到成立大會祝賀。

六月

應約為雲南大理白族自治州下關市文化站主辦的文藝小報《洱海》書贈了一張條幅，內容為一九四三年所作五言詩《題白楊圖》。

十日，手書一九七四年二月所作詞──《一剪梅·感懷》，刊於香港《文匯報·文藝》週刊（二十四日）；手書一九七七年十二月一日所作詩《題高莽為我所畫像》，刊於香港《新晚報》（二十四日）。

七月

《關於曹雪芹佚著〈廢藝齋集稿〉的兩封信》和評論《讀〈曹雪芹佚著及其傳記材料的發現〉》，刊於《文匯報》（二十二日），亦見於《紅樓夢學刊》第一輯。

八月

《關於〈白楊禮贊〉的覆信》，刊於《中學語文教學》、《教學與研究》第三期。

二十三日，作《〈兩本書〉的序》，後刊於《當代》第三期。

三十日，作《沉痛哀悼邵荃麟同志》，通過幾件小事，說明邵荃麟的「考慮周到、細緻深入的工作方法，和堅持原則的精神」，後刊於《人民文學》第九期。

九月

作《國慶三十週年獻詞》三首，後刊於《人民日報》（十月一日）。作七言詩《祝文藝之春》，刊於香港《文匯報》（二十三日）、《中國青年報》（十月一日），並附姚雪垠和詩。

二日，作《溫故以知新》，後刊於《文藝報》第十期（十月）。該文論述了粉碎「四人幫」後文藝界發生的一些重大變化。

《關於重評〈多餘的話〉的兩封信》，（分別作於五月十四日、六月四日），刊於《歷史研究》第九期。

十月

《百花齊放、百家爭鳴，慶祝三十年——題〈文匯報〉》，刊於《文匯報》（一日）。

作《少兒文學的春天到來了！——為兒童文學創作座談會作》，後刊於《文匯報》（十二月二日）。

短文《祝〈地平線〉出版一週年》，刊於香港《地平線》第七期。

三十日，在北京舉行的第四次全國文代大會上致開幕詞，刊於《文藝報》第十一、十二期合刊。以後又在這次會上作了《解放思想，發揚文藝民主》的講話（寫完於二十三日），後刊於《人民文學》第十一期（十一月）。當選為文聯名譽主席、作協主席。

作詞《沁園春·祝文藝春天》，歡慶第四次全國文代會的召開，由煥之譜曲，發表於《人民日報》（三十一日）。

十五日，作評論《外國戲劇在中國》，後刊於《外國戲劇》第一期。

十一月

《茅盾詩詞》，由河北人民出版社出版，收入一九四〇年至一九七九年的詩

詞七十三首（以有標題者爲一首計）。

《馬伶》（抄自舊札記），刊於《人民日報》（十日）。

是年

《答〈魯迅研究年刊〉記者的訪問》，刊於陝西人民出版社出版的《魯迅研究年刊》，轉載於《人民日報》（十月十七日）。爲《深圳文藝》雜誌題寫刊頭。

一九七九至一九八〇年間，就《茅盾論創作》與《茅盾文藝雜論集》的編選原則向編者作了詳細交代，多次抱病審閱了編者提出的篇目，研究書名、體例，翻閱了大部分原稿。

《致伊羅生信（三件）》（與魯迅合署，分別作於一九三四年七月十四日、七月三十一日、八月二十二日），刊於《光明日報》（五日）。

詞《沁園春》，刊於《浙江日報》（九日），亦見於《東海》第十二期。

〔重要紀事〕

一月

在中宣部召開的各省、市、自治區黨委宣傳部長會議上，胡耀邦宣布了黨中央爲「中宣部閻王殿」徹底平反的決定。

中共中央發出《關於加快農業發展若干問題的決定》（草案）和《農村人民公社工作條例》（試行草案），規定了發展農業生產力的二十五項政策措施（包括建立生產責任制）和實現農業現代化的部署。

同日，中共中央作出關於地主、富農分子和反革命分子、壞分子摘帽問題的決定。

二月

五日，中國文聯籌備組在北京召開省市（自治區）文聯工作座談會，交流了各地恢復組織機構的情況以及存在的問題和困難，討論了重新組織文藝隊伍的問題。

十七日至三月十六日，中國人民解放軍邊防部隊被迫在雲南、廣西邊境地區對越南入侵者進行自衛反擊戰。

三月

一日，據新華社報導，文化部黨組作出決定並經上級批准，爲原文化部大

錯案徹底平反。決定指出，解放後十七年文化藝術各個領域的工作成績是主要的，根本不存在什麼「文藝黑線」、「黑線代表人物」問題。凡是受到所謂「舊文化部」、「帝王將相部、才子佳人部、外國死人部」、「文藝黑線」牽連，受到打擊、誣陷的同志一律徹底平反。

四月

月初，中共中央組織部、宣傳部、全國文聯在北京聯合召開全國文藝界落實知識份子政策座談會，研究如何進一步落實政策，充分調動文藝工作者的積極性，團結一致地為繁榮社會主義文藝，促進「四化」建設貢獻力量。

五日二十八日，中共中央召開工作會議，決定對國民經濟實行「調整、改革、整頓、提高」的方針。

八月

二十五日，中共優秀黨員、老一輩無產階級革命家張聞天追悼會在北京舉行。張聞天因受林彪，「四人幫」迫害，於一九七六年七月一日在江蘇無錫含冤逝世。

十月至十一月

十月三十日至十一月十六日，中國文藝工作者第四次全國代表大會在北京舉行。鄧小平代表中共中央和國務院向大會祝詞，周揚作題為《繼往開來，繁榮新時期的文藝》的報告。

十一月

《茅盾的文學道路》（邵伯周著），經修訂後由長江出版社再版。

一九八〇年（庚申）八十四歲

一月

雜論《我所知道的張聞天同志早年的學習與活動》，刊於《人民日報》（四日）。

散文《北京話舊》，刊於《八小時以外》第一期。《作家書簡》，刊於《文匯》增刊第一期。

散文集《脫險雜記》，由香港時代圖書有限公司出版，收入《劫後拾遺》、《生活之一頁》、《回憶之一頁》、《脫險雜記》、《虛驚》、《過封鎖線》、《太平凡的故事》、《歸途雜拾》等八個單篇，共二十餘萬字。這些文章均於四十年

代分別發表過，這次是加以匯集的第一本單行本。書前有作者一九七九年
十月二十八日寫的「前言」。書後附有如玉的《茅盾與香港》。

十六日，作雜論《半夜偶記》。

《茅盾論中國現代作家作品》（樂黛雲編），由北京大學出版社出版，全書收
入有關評論文共三十四篇。

十九日，作《北京語言學院留學生訪問記》，未發表。

同日，作七言詩《歡迎鑑眞大師探親》，後刊於《人民日報》（五月五日）。

二十日，作《歡迎〈中國通俗文藝〉》，刊於《中國通俗文藝》創刊號。

二十一日，作《追念吳恩裕同志》，後刊於《紅樓夢學刊》第三輯。

三十日，作《回憶秋白烈士》，刊於《紅旗》第六期（三月）。

二月

二十二日，應請，手書條幅《讀稼軒集》寄贈馮至，並附短信。

二十五日，作《〈茅盾譯文選集〉序——談文學翻譯》，後刊於《蘇聯文學》
第三期。

三月

評論《關於〈彩毫記〉及其他》，刊於《讀書》第三期。《〈中國當代文學研
究資料〉序》，刊於《南京師院學報》第二期。

寄贈陳學昭手書條幅一幀和《脫險雜記》一冊。

十七日，作散文《可愛的故鄉》，刊於《浙江日報》（五月二十五日），轉載
於《人民日報》（六月二十六日）。

十八日，作《在紀念「左聯」成立五十週年大會上的書面發言》。

四月

三部曲《蝕》由人民文學出版社第七次印刷，書後附有《補充幾句》，寫於
同年二月四日。

《茅盾短篇小說集》（上下冊）由人民文學出版社出版。該集共分四輯，收
入了從一九二八年至一九四八年各時期所作的短篇小說共五十一篇，其中
包括第一個短篇《創造》。書前有作者的「序」，寫於一九七九年八月二十
三日。「序」中稱，「有些評論家認爲《虹》表現了我的思想從消沉悲觀轉
到積極樂觀。我自己卻以爲《創造》才是我在寫了《幻滅》等三篇以後第
一次思想上的變化。」

十七日，中國筆會中心正式成立於北京，茅盾爲理事會成員。

五月

作《〈談生活、創作和藝術規律〉序》，後刊於《人民文學》第四期（一九八二年四月）。

《茅盾近作》，由四川人民出版社編輯出版，收入了茅盾晚年有關文藝問題的通訊和主要論文共十七篇。除《關於長篇小說〈李自成〉的通信》寫於一九七四、七五年外，餘均作於一九七六年粉粹「四人幫」後至一九七九年。

《茅盾論創作》（葉子銘編），由上海文藝出版社出版，全書共收文章七十三篇，書前有茅盾於一九七九年八月十五日作的「序」。

二十九日，作《〈張聞天早期文學作品選〉序》，後刊於《人民日報》（一九八一年四月六日）。

七月

十日，作《〈柳亞子詩選〉序》，附於十一月人民文學出版社出版的《柳亞子詩選》。

二十七日，作《〈小說選刊〉發刊詞》，刊於《小說選刊》創刊號。

八月

《世界文學名著雜談》，由天津百花文藝出版社出版。共兩輯，三十六篇，書前的「序」作於三月五日。

二十日至十月十日，茅盾《回憶錄》中《我的家庭與親人》和《我的學生時代》兩部分連刊於香港《新晚報・人物誌》。

九月

在北京交道口南三條住處接待桑弧，談了對桑弧改編的電影文學劇本《子夜》初稿的意見，認爲不必太拘泥於原作，可以根據電影的特性放開改寫，例如小說中的人物達九十多個，電影就不應這麼多，有的可刪，有的可併。對話要努力壓縮，盡可能用情節和動作來表現。還對劇本提了許多具體意見。桑弧於十二月寫出二稿，經茅盾看過同意，立即投入拍攝。

手書《祝賀〈地平線〉創刊兩週年》，刊於香港《地平線》雜誌第十三期。

秋

被聘爲《中國當代文學研究資料》叢書顧問，爲這套叢書封面題字、作序，

並審閱了部分專集。

《萌芽》第二次復刊，哈華訪問茅盾，請他為文學青年寫些輔導文章，茅盾提出把他過去寫給初學寫作者的信交《萌芽》發表。不久，寄去了三十多封信，並作《寫在前面的話》。

十月

五日，作評論《魔術萬歲》。

應請，手書去年所作《國慶三十週年獻詞》，贈香港《文匯報》副總編曾敏之。

十一月

十五日，作評論《夢回瑣記》。

二十七日，作評論《關於〈草鞋腳〉》。評論《談編副刊》，刊於《戰地》增刊第六期。

十二月

十日，應請，為茹志鵑的小說集《百合花》作序，並寄給作者。

長篇小說《鍛煉》第一個單行本由香港時代圖書有限公司出版。文前附有作者「小序」，作於一九七九年十月四日。「小序」談了原來的創作計劃：原擬寫五部連貫的長篇小說，以反映整個抗戰八年的面目，後因解放軍解放東北，且包圍了平、津，準備召開政治協商會議，同「在香港的民主人士經海道赴大連」，因而不得不中途擱筆，「只完成了第一部《鍛煉》」。其中第十四、十五兩章是為這次出版特地添寫的（由《走上崗位》第五、六章修改後移來），全書增至二十七章。《鍛煉》國內版由文化藝術出版社於翌年五月出版。

《茅盾散文速寫集》（上下冊）由人民文學出版社出版，共分十七輯，收入散文速寫一百二十五篇，除《海南雜憶》作於一九六三年外，其它都作於一九二五至一九四九年。書前作者的「序」寫於一九七九年八月二十三日，與《茅盾短篇小說集》的「序」內容相同。

長篇小說《霜葉紅似二月花》，由四川人民出版社出版。

十九日，派人至丁玲住宅送一本《霜葉紅似二月花》並信一封，信中表示歡迎丁玲去他家談談。丁玲此時已離京出訪。

冬

陳荒煤和張僖來訪，聽取茅盾對籌備魯迅誕辰一百週年工作的意見，茅盾病倒在床上，喘息著建議要舉行隆重的紀念，並同意由他致開幕詞。

〔重要紀事〕

二月

二十三日至二十九日，中共中央召開十一屆五中全會，著重討論加強和改善黨的領導問題。討論和通過了《關於黨內政治生活的若干準則》；會議增選胡耀邦、趙紫陽爲中央政治局常委；決定重新設立中央書記處，選舉胡耀邦爲總書記；通過爲劉少奇平反昭雪的決議；決定批准汪東興、紀登奎、吳德、陳錫聯的辭職請求。

三月

二十八日，紀念左聯成立五十週年大會在北京舉行。

五月

《論茅盾的生活與創作》（孫中田著）由天津百花文藝出版社出版。

三十日，首都各界人士集會紀念美國進步作家、記者史沫特萊逝世三十週年。

六月

一日，中國作協舉行座談會，紀念史沫特萊逝世三十週年。茅盾因身體原因由作協創聯部主任華朔望代筆寫了會上發言稿，後《人民日報》刊載時也署了茅盾名字。

十七日，中國文聯、作協、社會科學院聯合舉行座談會，紀念瞿秋白就義四十五週年。

八月

十八日至二十三日，中共中央政治局擴大會議在北京舉行。會議決定了改革黨和國家領導制度（包括領導職務的終身制）的六項措施，逐步實現各級領導的革命化、年輕化、知識化、專業化。

三十日至九月十日，在五屆人大三次會議上，根據中共中央建議，決定華國鋒不再兼任國務院總理，由趙紫陽接任，同意一批老一輩革命家不再兼任國務院副總理和人大常委會副委員長的辭職請求。

十一月

二十日，中國最高人民法院特別法庭開始公審林彪、江青反革命集團主犯，翌年一月二十五日分別判刑，予以法律制裁，表達了人民意志，伸張了正義。

一九八一年（辛酉）八十五歲

一月

桑弧同電影《子夜》攝製組的李仁堂、傅敬慕、邱以仁等到北京交道口拜訪茅盾。茅盾對扮演吳蓀甫的李仁堂說：「我看過你的影片，我相信你一定能演好吳蓀甫。」愉快地和攝製組的同志交談；並應攝製組之請，書寫了《子夜》片名。

十五日，作《重印〈小說月報〉序》，後刊於《人民日報》（四月十六日）。

二月

陳雨田到茅盾寓所爲茅盾畫像。

《茅盾文藝評論集》（上下冊）由文化藝術出版社出版，收入文藝評論共八十七篇。書前的「序」作於一九八○年五月，其中談到：「這本集子收輯了《鼓吹集》《鼓吹續集》中的三十七篇，散見於報章雜誌過去未收入集子的三十篇，粉碎『四人幫』以後寫的十六篇，以及長篇論文《夜讀偶記》和《關於歷史和歷史劇》等。《鼓吹集》和《鼓吹續集》原輯有五十五篇文章，這次刪去了十八篇」，「保留的三十七篇中有的也在文字上作了相應的刪改，但學術爭鳴的內容，爲了存眞，一般保留，不作改動。」

十五日，函覆臧克家，謂：「惟手抖，此則近來新增之小小不愉快也。」

二十日，因氣喘加劇，低燒，進北京醫院。這幾年，每逢多天天轉冷，就要發氣喘，俟春暖花開後逐漸平息。發燒時，進醫院治療即可退燒，這次服用各種藥物都退不了燒，且氣喘加劇，整天不能離開氧氣瓶。

三月

上旬，病情開始惡化，表現爲肺、心、腎功能的進一步衰竭，出現六天爲一週期的興奮與抑制（昏睡）循環症。

十四日，口述遺書兩則，由沈霜筆錄，自己署名。一則致胡耀邦暨中共中央函，稱「爲了共產主義的理想我追求和奮鬥了一生，我請求中央在我死

後，以黨員的標準嚴格審查我一生的所作所為，功過是非。如蒙追認為光榮的中國共產黨員，這將是我一生的最大榮耀。」另一則致中國作家協會書記處，表示「為了繁榮長篇小說的創作，我將我的稿費二十五萬元捐獻給作協，作為設立一個長篇小說文藝獎金的基金，以獎勵每年最優秀的長篇小說。」《給黨中央的信》刊於《人民日報》、《光明日報》（三十一日）。

二十七日，清晨五點五十五分，血壓降低，痰噎咽喉，經搶救無效而溘然逝世於北京醫院，終年八十五歲。在住院期間，彭真、胡耀邦、周揚等曾前往看望。

三十日，下午，陳雲、陸定一、周揚、夏衍等以及茅盾親屬至北京醫院向沈雁冰遺體告別。

三十一日，中共中央作出決定稱，「我國偉大的革命作家沈雁冰（茅盾）同志，青年時代就接受馬克思主義，一九二一年就在上海先後參加共產主義小組和中國共產黨，是黨的最早的一批黨員之一。一九二八年以後，他同黨雖失去了組織上的關係，仍然一直在黨的領導下從事革命的文化工作，為中國人民的解放和社會主義建設事業奮鬥一生，在中國現代文學運動中作出了卓越貢獻。」「中央根據沈雁冰同志的請求和他一生的表現，決定恢復他的中國共產黨黨籍，黨齡從一九二一年算起。」

四月

十日，鄧小平、胡耀邦等黨和國家領導人及首都各界人約兩千人前往北京醫院，向沈雁冰遺體告別。遺體上覆蓋著中國共產黨黨旗。

十一日，下午，我國偉大的革命文學家、卓越的無產階級文化戰士沈雁冰追悼會在北京人民大會堂隆重舉行。追悼會由中共中央副主席鄧小平主持，中共中央總書記胡耀邦致悼詞。悼詞高度評價了沈雁冰一生的表現：從一九一六年開始從事文學活動以來，「他始終不懈地以滿腔熱情歌頌人民、歌頌革命、鞭撻舊中國黑暗勢力」，他創作「大量傑出的文學作品」「刻畫了中國民主革命的艱苦歷程，繪製了規模宏大的歷史畫卷，為我國文學寶庫創造了珍貴的財富，提高了現實主義文學創作的水平，在文學史上留下了不可磨滅的功績。他的許多作品被翻譯為多種外文，在各國讀者中廣泛傳播。他還撰寫了大量文藝論著，翻譯介紹了許多外國作家的作品。新中國成立後，他長期從事文化事業和文學藝術的組織領導工作，寫了大量的文學評論，特別是一貫以極大的精力幫助青年文學工作者的成長，為社

會主義文化事業作出了重大的貢獻」，爲「促進中外文化交流、支援各國人民的進步文化事業和保衛世界和平的鬥爭，獻出了全部心血。」「直到生命的最後時刻，他始終沒有放下自己手中的筆爲人民服務」。悼詞指出，沈雁冰是「我國現代進步文化的先驅者、偉大的革命文學家和中國共產黨最早的黨員之一」，他「爲中國革命事業、中國新興的革命文學事業奮鬥了一生」，「他同魯迅、郭沫若一起，爲我國革命文藝和文化運動奠定了基礎」。悼詞沉痛地表示，沈雁冰的逝世使「中國文壇殞落了一顆巨星」，是「全國人民的一個不可彌補的損失」，「我們要學習沈雁冰同志一生堅持眞理和進步，追求共產主義，刻苦致力於文學藝術的鑽研和創造，密切聯繫群眾和愛護青年，堅持擁護黨的領導的高貴品質。」

八月

回憶錄《我走過的道路》（上）由生活‧讀書‧新知三聯書店香港分店出版，書前有作者的「序」，寫於一九八〇年九月十七日。該書包括家庭、童年、學生時代和一九一六年進商務印書館工作至一九二七年大革命，共十二章，約二十萬字。本書內容曾先後在報刊發表過，在付梓前又經作者親自修訂補充並定名。通過這本回憶錄，可以使我們更清楚地了解茅盾的身世、教育、經歷，所受的家庭、社會影響，他的思想發展歷程，他的道德品格、個性氣質，他的創作思想、動機、背景等等，從而大大加深我們對這位偉大革命作家成長過程的認識，對一些具體問題又有了澄清的可能。

是年

評論《歡迎〈文學報〉的創刊》，刊於《文學報》（四月二日）。

《神話研究》，由天津百花文藝出版社出版。該書收集了作者早年有關神話的三個專著－－《神話雜論》、《中國神話研究初探》、《北歐神話 ABC》。作者的「序」寫於一九八〇年七月八日。

《茅盾中篇小說選》，由四川人民出版社出版，全書包括《路》、《三人行》、《清明前後》、《劫後拾遺》、《多角關係》等五個中篇。

《茅盾文藝雜論集》（上下集），由上海文藝出版社出版，收入了自一九二〇年至一九四九年七月所寫的文藝雜論，分三輯。書前的「序」作於一九八〇年七月九日。

《茅盾譯文選集》（上下冊），由上海譯文出版社出版，書前的「序」作於

一九八〇年二月二十五日。

〔重要紀事〕

六月

中共中央召開十一屆六中全會，改選、增選了黨中央的主要領導成員，胡耀邦當選爲中共中央主席，鄧小平當選爲中央軍委主席，趙紫陽被增選爲副主席；討論和通過了《關於建國以來黨的若干歷史問題的決議》，回顧了黨成立六十年來的戰鬥歷程以及基本經驗，實事求是地評價了建國以來三十二年的功過是非，科學地闡釋了毛澤東和毛澤東思想在中國革命建設中的歷史地位，正確地總結了三中全會以來所確立的中國進行社會主義現代化建設的正確道路。這次會議在黨的指導思想上完成了撥亂反正的歷史任務。

七月

一日，慶祝中國共產黨成立六十週年大會在北京舉行，胡耀邦在大會上作重要講話，總結了建黨六十年來的基本經驗，最後提出了加強黨的建設的基本要求。胡耀邦在講話中提到：「我們還深切懷念卓越的科學文化戰士鄒韜奮、郭沫若、茅盾、李四光等同志和聞一多先生。」

後　記

　　早在中學時代，茅盾的評論文章和創作開始像磁石一般吸引著我。粉碎「四人幫」後，文藝繁榮的春風也吹拂到我的心田，使我萌發了學習研究這位文壇老前輩輝煌業績的意念。可是，這是一座文學巨宮，一個大千世界，如何著手呢？我既沒有阿拉丁的神燈，也沒有詭譎的小白兔開道，我想還是該老老實實打好基礎，從編寫年譜，熟悉資料著手，作為「叩門」的途徑。我曾經搜集過一些資料，也聆聽過茅公的當面指點。但我似乎是一名怯陣的游泳運動員，面對著白浪滔滔、波光粼粼的大江，躑躅著，逡巡著，總是缺乏一鼓作氣泅渡到彼岸的雄心壯志。一九八一年三月二十七日傳來了茅公溘然長逝的噩耗，在悲痛之餘，我驀地警覺起來，抖擻起來，──我國偉大的革命文學家、我尊敬的導師、前輩逝世了，我如何悼念？用什麼寄託我的哀思？江天上空彷彿轟然一聲，響起了開始泅渡的信號，我終於在友人的鼓勵、支持下，鼓足勇氣，朝著遙遙的「彼岸」，開始了業餘編寫的戰鬥。自四月中至十月梢趕出初稿，一九八三年大改一次，後又根據編輯意見，作了全面的補充、修正，一九八五年初定稿。

　　初稿寫出後，沈霜同志不辭辛勞，為我全部審閱、訂正了一遍（主要限於資料、事實方面），補充糾正了不少疏漏錯誤之處，並提出了一些修改的寶貴意見，最後他還就改定稿的重點問題和疑難之處再次作了仔細的補正和校核；年譜出版後，他又幫助校閱一遍，匡正了一些闕失和誤記。在編寫過程中也得到了許覺民同志的指教，敏之兄、樹錦兄等的積極支持。陳荒煤同志則在百忙中，特地為本書寫了熱情洋溢、富有教益的序言，在此一併致以衷心的謝意。

　　茅盾的文學生涯浩瀚而又漫長，從一九一六年進商務印書館算起至一九八一年，就有六十五個年頭；他著作等身，卷帙浩繁，據估計，除二百四十萬字的翻譯以外的著作文字竟達一千五百萬字；他生活、政治閱歷豐富，曾邁越舊民主主義革命、新民主主義革命、社會主義革命和建設等重大歷史階段；親歷辛亥革命、五四運動、建黨、五卅運動、北伐戰爭、抗日烽火，直至中華人民共和國成立、十年動亂、粉碎「四人幫」、撥亂反正等一系列歷史的驚濤駭浪。有關他的資料極其豐富，對他研究已全面深入展開，前輩學者已夯下深厚堅實基礎，但如何發掘新資源、拓展新的研究空間，如何從各視角各層面對已掌握資料已探討問題加深思考、認識，或重新思考、認識，仍是資料工作、研究工作面臨的新挑戰新課題。「路曼曼其修遠兮，吾將上下而求索」。我們任重道遠。囿於資料、水平局限，這個年譜只是拋磚引玉，起點引線作用，魯魚亥豕，在所難免，懇請廣大讀者批評指正。現乘再版之際，在個別地方作了訂正和補充。

作　者
二〇一三年十二月於北京